透明怪人

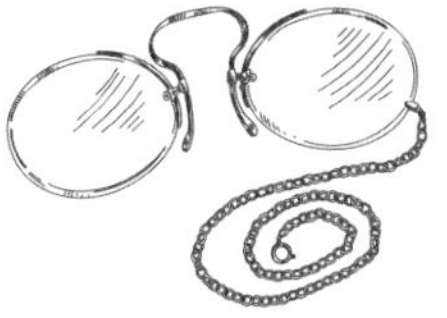

江戶川亂步

曹藝譯

國家圖書館出版品預行編目資料

透明怪人／江戶川亂步著；曹藝譯.－－初版二刷.－－臺北市：三民，2021
面； 公分.－－(少年偵探團)

ISBN 978-957-14-6642-2 （平裝）

861.59 108007110

少年偵探團

透明怪人

作　　者｜江戶川亂步
譯　　者｜曹　藝
封面繪圖｜徐　蓉

發 行 人｜劉振強
出 版 者｜三民書局股份有限公司
地　　址｜臺北市復興北路 386 號 (復北門市)
臺北市重慶南路一段 61 號 (重南門市)
電　　話｜(02)25006600
網　　址｜三民網路書店 https://www.sanmin.com.tw

出版日期｜初版一刷 2019 年 6 月
初版二刷 2021 年 8 月
書籍編號｜S858880
I S B N｜978-957-14-6642-2

※本書中文譯稿由上海九久讀書人文化實業有限公司授權使用

三民書局

目錄

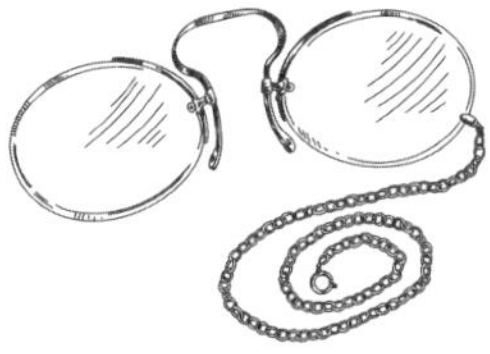

——蠟人紳士——

這兩個孩子有生以來第一次遇見這麼可怕的事情。

初春的一個禮拜天，就讀小學六年級的島田和木下去老師家玩，聽老師講了許多有趣的故事，直到傍晚才離開。而事情就發生在回家的路上。

「嗯？奇怪了？這裡我從來沒來過。」島田環顧四周，一臉納悶。

「是啊，我也沒來過。真冷清啊。」木下也覺得奇怪，望了望四周。寬闊的大街上一個人影也沒有。

暮色沉沉，眼前是一片完全陌生的街區。水果店、點心店、牛肉火鍋店……商店鱗次櫛比，就是沒人——彷彿所有的人都從這個世界上消失了，只留下了店鋪。

兩人覺得事有蹊蹺，邊走邊看，一家裝飾精美華麗的古董店映入眼簾。只見碩大的櫥窗裡陳列著許多的古董，比如古老的佛像、有著美麗花紋的陶器等等。兩人不由得停下腳步。

「我爸爸喜歡佛像。每次和他一起出門，他看見古董店就不走了，一看就是老半天。但我不喜歡這些老古董，看起來很嚇人。」島田說。木下表示贊同，他說：「嗯，是蠻嚇人的。博物館裡的那些佛像，就像活的一樣，我有一次去，越看越害怕。不過那些佛像可都是國寶呢。」

「你看中間那個黑漆漆的佛像，像不像印度人？」

「佛像不是都長得像印度人嗎？佛教起源於印度嘛。」因為有一些佛像必須從側面才能看清，兩人便走向櫥窗的側面，突然發現他們剛才所在的地方，站著一位西裝革履的紳士。看看他，低低的帽簷幾乎蓋住眼睛，豎起的衣領遮住下巴，他面朝櫥窗，凝視裡面的一尊佛像。這是一尊金屬鑄成的佛像，色澤發暗，只有大約十五公分那麼高，卻被慎重地擺在正中央的臺座上。

木下打量了一下紳士，冷不防地用手肘戳了戳島田。島田一驚，抬頭看了看木下，只見夥伴的兩個眼睛瞪得好大，直盯著那位紳士看。島田便也朝紳士望去。你猜怎麼了？這下子連島田也睜大了眼，眼珠幾乎要掉出來了。

是什麼讓他們兩人如此吃驚？是那位紳士的臉。那張臉，不是人的臉。

起初他們懷疑紳士戴著面具。但仔細觀察，並沒有發現固定面具的細線。其次，面具和人臉之間沒有銜接的痕跡。難道這是一種罩住整個腦袋的特殊面具？

紳士的臉幾乎跟陳列在西裝店櫥窗裡的假人模特兒一模一樣。那些模特兒並不是用蠟做的，反倒是眼前紳士的臉，像蠟一般油亮光滑，白皙中帶著透明感，這不是蠟像是什麼？看看那白裡透紅的皮膚、高高的鼻梁、整齊的鬍鬚，一張有著英俊長相的西方人臉龐——但不是活人的臉。眉毛、眼睛、嘴巴，全都一動也不動。而且「他」似乎沒有眼珠，眼睛的位置上只有兩個黑洞！一尊引人注目的蠟像，正駐足於古董店的櫥窗前。

紳士盯著櫥窗裡那尊小小的佛像出神，完全沒留意身旁的兩個孩子。島田和木下兩人早就想逃了，可是雙腿發軟，動彈不得。他們擔心自己哪怕是有一點小動作，那位紳士就會猛撲過來。

時間彷彿過得很慢很慢（其實不到五分鐘），蠟人紳士終於離開櫥窗前，拄著一根有很多竹節的拐杖，「咯噔、咯噔」地走了起來，像個機器人。

兩個少年面面相覷。是就此逃跑，還是跟蹤到底，識破「他」的真面目？最終好奇心戰勝了恐懼，他們決定進行跟蹤。兩人彎腰屈身，沿著屋簷下行走，尾隨其後。

──第三個跟蹤者──

傍晚的街道安靜得出奇，路上空無一人，似乎籠罩著一層薄霧。蠟人紳士的身影幾乎要消失在霧幛中，不容有絲毫疏忽。島田甚至開始懷疑自己是不是在做夢。紳士繞了幾個彎，緊跟在後的少年們每繞一個彎，眼前的街景就更加陌生。

不知不覺地，兩人走進了住宅區。路兩旁是長長的水泥牆，沒有藏身之處，只得側身貼牆而行，活像兩隻橫行的螃蟹。神祕紳士行走在瀰漫了超過三十公尺的霧氣中，「咯噔、咯噔」，步伐保持固定的頻率，手中的竹拐杖觸及地面而彎曲，發出有節奏的「吱呀、吱呀」聲。

兩個孩子心驚膽顫，生怕對方會突然回頭，用那雙黑洞般的眼睛發現他們，然後一路追奔過來。所幸，那人頭也不回，逕自前行，就像是無法轉動脖子的機器人。

又往前走了一段，來到水泥牆的盡頭，接著是籬笆牆。籬笆牆是藏身的好地方，卻更增添了一分荒涼。此時此刻，發生了一樁怪事──就在少年身後二十幾公尺的地方，又出現了一個跟蹤者！但兩個孩子竟絲毫沒有察覺。

他可不是什麼蠟人。這人大概三十五、六歲，看穿著打扮，像是報社的記者。他是在跟蹤兩個孩子呢，還是跟蹤遠處的蠟人紳士？不得而知。但他顯然不像兩個孩子那樣戰戰兢兢，看看他，邊走邊怪怪地笑著，讓人心裡發寒。

再走一段，到了籬笆牆的末端，他們來到一處僻靜的空地。遍地都是亂石，碎磚堆積，垃圾成山，完全沒有人整理。蠟人紳士逕自地通過這裡。四周的環境越來越暗了，太過謹慎或許會導致跟丟目標，兩人咬著牙，盡量壓低身體，彎腰前進，一口氣將距離縮短到十多公尺。再看看像是記者的紳士，他微微笑著，也是一口氣拉近了與孩子之間的距離。

走過荒地，只見不遠處有一個輪廓呈鋸齒狀的龐然大物——原來是一幢不知是兩層還是三層的磚房，斷垣殘壁，損毀得很嚴重。蠟人紳士「咯噔、咯噔」地朝著破房子走去，這裡或許就是「他」的棲身之所。

這幢房子只剩下三面牆，還有一面牆被毀，裂了一個大洞。這裡以前應該是一個挺寬敞的房間。蠟人紳士從這個破洞走進屋內，消失不見了。

兩個孩子見狀嚇得發抖，差點逃跑。木下硬是忍住了，一把抓住島田的手臂，悄聲說：「走，去看看。」

島田也不好拋下同伴獨自逃跑，便也鼓起勇氣回應道：「好，去看看吧。」

—千奇百怪—

兩個孩子趴在滿是碎磚亂石的地面上，小心翼翼地匍匐前行，到達了蠟人紳士剛才消失的地方。島田和木下一個左一個右，身體緊貼牆壁，微微探出腦袋，從磚頭的縫隙間窺視裡面的情況。只見蠟人紳士腿交叉著、站在十幾公尺外的牆邊，面朝門口。奇怪的是，他已經脫去了外套和上衣，現在正在脫白襯衫。襯衫的鈕扣一個個綳開，終於，最下面的一個鈕扣也解開了，轉眼間白襯衫忽地飄在空中，然後落在地上……

天哪！

兩位少年驚訝到了極點。他們驚聲尖叫了嗎？沒有。他們嚇得僵住了，連大氣也不敢吐——這個紳士是個怪物，不，簡直比怪物還可怕。

脫掉的襯衫裡面，是不是出現了什麼可怕的東西呢？再怎麼可怕也不過是人的身體，倒也不至於如此驚訝——然而，襯衫裡面什麼也沒有，是空的！

怪物那張面具似的臉還在，帽子也還戴著。頭部以下的脖子、胸部、肩膀、雙手都看不見。腰部往下，穿著褲子的兩條腿還站在那裡。也就是說，怪物的臉和褲子之間空無一物——還能看見「他」背後的磚牆呢。如果「他」有上半身，磚牆勢必會被擋住，是看不見的。

兩個孩子覺得自己大概是瘋了，又懷疑這是夢境。萬萬沒想到，更可怕的事情還在後頭。

先是帽子。那頂軟呢帽嗖地離開了腦袋，像是被無形的手拿起後拋在地上。接著是面具。兩條腿明明還站在原地，面具突然往上飛起大約七十公分，忽左忽右地晃動了一陣，猛然像是被人扔出去似的掉在地上。這樣一來，怪物的上半身就完全消失了。

「他」似乎還沒結束。無形的手開始解褲子。皮帶被解開了，緊接著褲子上的鈕扣一個個綳開，褲子刷地退到腳跟，堆成皺巴巴的一團——果不其然，褲管裡也是空的。

接著，兩隻鞋子脫離了褲腳，無形的腳穿著鞋子，「咯噔、咯噔」地動了起來，冷不防地騰空而起，開始一段莫名其妙的舞蹈。兩隻鞋子在空中飛舞，活動了一下後戛然而止，啪嗒落地後便再也沒有動靜。襪子也揉成皺巴巴的兩小團，丟在地上。

——這下怪物連襪子都脫了。從頭到腳，身體上沒有任何東西，光溜溜的。「他」從此徹底消失，就像空氣一樣，看不見也摸不著。

接下來，更加不可思議的事情發生了。散落一地的面具、帽子、上衣、褲子、襯衫、鞋襪、竹拐杖等，自己動了起來，集中到一處，被外套包裹起來。這個外套包裹咻地騰空，順著牆壁往右飄向牆角的一個小洞，眼看就要消失不見……

就在這時，牆洞外傳來一聲驚叫，緊接著是物體相撞的巨響，片刻便回歸死寂。只見從洞裡冒出一條穿了褲子的人腿，一個西裝革履的男子出現在眼前。孩子們嚇了一跳，以為蠟人紳士又穿上衣服折返回來。然而，來者並非蠟人，而是剛才跟蹤他們的報社記者。

「咳，讓他跑了。這傢伙，力氣可不小啊……不過總算是親眼目睹了。下回他肯定逃不了。」記者自言自語，接著轉過身，大聲招呼藏身牆後的孩子們：「你們兩個，出來吧，沒事了，那傢伙逃掉了。」

島田和木下由於驚嚇過度，身體像石頭一樣僵硬，連聲音也發不出來。

「哈哈哈……看看你們，嚇成這樣。那傢伙不會來了，勇敢一點，出來吧。我可不是什麼怪物，是個普普通通的人，不會吃了你們的。哈哈哈……」

記者爽朗的笑聲為兩個嚇壞的孩子注入了生氣。兩人拍了拍身上的土，站起身來，戰戰兢兢地走到記者面前。

「你們跟蹤他了吧？膽子不小嘛。其實我一直跟在你們後面。剛才我就埋伏在牆洞附近，一心想逮住他，可是那傢伙來無影去無蹤的，讓他溜了。」

記者說著，又放聲哈哈大笑起來，那一身豪氣，儼然是古代斬妖除魔的英雄。

「叔叔，那究竟是什麼呀？」木下臉色鐵青，雙眼圓睜，顯然是驚魂未定。

「這個嘛……叔叔也沒搞明白。總之就是個怪物，搞得整個東京現在雞犬不寧。」

「搞得整個東京雞犬不寧？」

「你們大概還不知道吧？這傢伙，到處作怪。愛搗蛋不說，還是個江洋大盜呢……」記者打開了話匣子。

他說了些什麼呢？

這個來去無蹤的怪物，到底是什麼來頭？是人，還是某種未知的動物？莫非是外星人？這一切，都是謎。

—空氣人—

記者娓娓道來：「你們大概不知道這個怪物的情況。我是報社的記者，當然見多識廣了。我是《東洋報》的記者，最近一直在跟蹤他，但每次都讓他溜掉了，畢竟看不見他嘛。」

「真不可思議。那傢伙就像空氣一樣，看不見摸不著。這麼說，他……是人嗎？」

「他是人沒錯，還是個大盜呢。」記者說完，思量片刻，看了看兩個孩子，又開了口，「你們就住在這附近嗎？不然這樣吧，現在離吃晚飯還有一點時間，我們在附近找家店，邊喝茶邊聊。你們兩個跟蹤那個怪物，勇氣可嘉，讓我好好告訴你們他的故事。」

島田和木下一口答應。於是三人離開荒地，來到市區，找了一家小小的咖啡館坐下。記者點了咖啡和蛋糕請孩子們，自己則講起故事來——

「我留意到這個怪物，大概是在十天前。我在銀座的大街上走著，突然有人『咣』地狠狠撞了我一下，害得我差點摔倒。『走路注意點！』我吼了一聲，卻沒看見撞我的人。確實有人用身體撞了我，但我卻看不到他。就在這個時候，我身後兩位並肩而行的女士也像是被人推了一把，踉踉蹌蹌的差點跌倒。我仍舊沒看到肇事者。這件事太奇怪了，我停下來看個究竟。果然，女士身後的年輕人也突然跌到地上。他大罵：『沒長眼睛啊！』東張西望了一陣，沒看見撞他的人，當場傻住了。

『哎喲喲真嚇人，剛才是怎麼了嘛？』兩位女士臉色都變了。

『明明有人撞我的。怎麼沒看見呢？真是怪了。』年輕人也停下了腳步，眨了眨眼。

就這一會兒工夫，又有不少人被撞到。大家都停下不走了，七嘴八舌議論起來，誰都搞不懂這是怎麼一回事。過了一會兒，大夥兒才又各奔東西。

我突然想起了一部名叫《隱形人》的小說，英國小說家威爾斯的名作。說是一位學者發明了一種能使人體變透明的藥品。只要吃了這種藥，人的身體就會隱形。剛才撞上我的，該不會就是『隱形人』吧？想到這我就起了一身雞皮疙瘩。

後來我轉念一想，這『隱形人』不過是小說裡的人物罷了，哪有這麼厲害的藥，更不可能有隱形的人。想到這裡，我就打消了剛才的荒唐念頭，回家去了。

萬萬沒想到，過了兩三天，我又碰上了一件怪事。這件事讓我不得不相信，東京果然是存在『隱形人』的。

你們大概也知道，有樂町的天橋下，有一排擦鞋匠。那天傍晚，我站在馬路轉角處等朋友，碰巧看到有個十三、四歲的小擦鞋匠，不跟同行聚在一起，離得很遠獨自擺攤。他替一個像是小混混的男子擦鞋，那個賣力的程度啊，把鞋子擦得閃閃發亮。結束後，男子從口袋裡掏出一張大鈔，說沒零錢，要他找開。男孩就打開身邊的錢盒數起零錢來——沒想到裡頭塞滿了鈔票，小小擦鞋匠真有錢。

男子斜眼看著對方數鈔票，冷不防地一把搶過紙盒，抓起大把鈔票塞進自己的口袋，把空盒隨手一拋就要走人。男孩都快哭了，死抓住小混混不放。但他哪是小混混的對手，被一把推倒在地，嗚嗚地哭了。

就在這個時候，怪事發生了。男子突然『啊』的大叫了一聲，一個踉蹌，像是被什麼東西撞了。緊接著他漲紅了臉，自己跟自己搏鬥起來。明明沒人跟他打架，他獨自在那很誇張地揮舞，嘴裡還邊罵邊叫的，我心想他是不是腦子壞掉了。路人三三兩兩地圍過來看，沒有人上去制止。結果沒等到更多的人來圍觀，這場離奇的打鬥就分出了勝負，男子被狠狠地摔在地上，大半天動彈不得。

你問我是誰擺平了小混混，當然是那個看不見的對手囉。明白了吧？小混混剛才是和隱形人打架呢。

這時，男子的口袋忽然微微蠕動，一把鈔票冒了出來，自己飛回原來的紙盒裡，接著紙盒也飛了起來，輕輕降落在小擦鞋匠的膝蓋上。這時我親眼看見一個模模糊糊的人影在動，是這個人影，從男子的口袋裡取出錢放回盒子裡。很顯然的，剛才制服男子的，也是這個人影。我就叫他『空氣人』，這個『空氣人』，雖然是江洋大盜，但也會做些好事。他這是在捉弄人吧，嚇大家一跳，自己樂在其中。」

—天價首飾—

「一個肉眼看不見的人到處惹事，已經引起警方的注意，報社也收到不少爆料，不過這個傳言太離奇，員警和報社都無法證實，自然無從查起。

沒想到這個『空氣人』終於出手，偷走了昂貴的首飾。你們兩個知道銀座的大寶堂吧？那間非常有名的珠寶店。事情發生在昨天晚上，大寶堂送走最後一位客人，正要打烊，珠寶陳列櫃的櫃門自己打開了，當中的鎮店之寶——一件價值連城的首飾像是被人一把抓住似的飛了出來，在半空中飄呀飄的。

當時經理進去了裡面的房間，兩個店員出去關店門了，店堂裡只有一個年輕店員。他看見首飾飄盪在半空中，『唉呀』驚叫一聲，愣住了。莫非有人從天花板上垂下絲線釣走了首飾？可是天花板上塗了白白的水泥，根本沒有縫隙，更別說拉著絲線四處移動了。

難道是首飾變成精靈了？店員打了一個寒顫，還是鼓起勇氣，走過去伸手抓，誰知那首飾就像是水裡的魚，逃來逃去，慢慢移到店門口……一轉眼，它跑到外頭去了！年輕店員邊叫邊追趕，門外的店員也跟著他一起追，經理也從裡頭出來了，路人看熱鬧，那件首飾已經消失得無影無蹤——價值連城的鎮店之寶長了腳，自己溜了。

店家很快報了警，辦案人員來到現場，覺得案情就像天方夜譚，無從著手。他們懷疑這是大鬧東京的『空氣人』作祟，可惜沒有任何線索。大寶堂珠寶被盜的消息今天早上才傳到報社，所以來不及登在晨報上，晚報倒是大篇幅的刊登了。你們回家看看報紙，標題是『聞所未聞的怪事，空氣人現身銀座』。

在《東洋報》，我負責跟蹤報導這起事件，寫那篇文章的人就是我。我一心想揭露『空氣人』的真面目，所以從早上開始一直到處奔走，運氣還不錯，竟然被我撞見了那個戴面具的傢伙。我一開始沒想到他是『空氣人』，不過看到蠟人在大街上走，只要是個記者都不會放過的，我在你們發現他之前就已經在跟蹤他了。

誰知道他竟然看起古董店的櫥窗來，而且是盯著正中間的佛像看。我突然覺得這傢伙不對勁，面具裡頭說不定是空的。假如他真是『空氣人』，那尊佛像就有危險了。說不定，他事後會脫了衣服，變成透明的，對佛像下手。我看你們繼續跟蹤他，就進了古董店，提醒老闆保管好那尊小佛像。你們大概不知道，那是推古天皇◢時代製作的

◢推古天皇：日本第三十三代天皇（西元五九二年－六二八年在位），為日本第一位女性天皇。

佛像，可比大寶堂的鎮店之寶值錢多了。

今天我總算是親眼見到了『空氣人』。前幾天看到的不過是模模糊糊的一團，今天目睹他脫衣服摘面具，也親自確認了衣服和面具下面是空的，你們兩個可以為我作證，三個人六隻眼睛，看得清清楚楚。

今天晚上，我們報社的攝影組會去幫你們拍照。明天的報紙上會表揚你們勇敢的行為，還會提到我們三人親眼目睹『空氣人』的事情，肯定是滿滿一整版。

今天就聊到這裡吧，不能讓你們的父母擔心了。叔叔我有一個請求，如果下次再見到那個蠟人，也請你們跟蹤他，查明他的去向，之後打電話給我。這是我的名片。」

─百貨公司裡的怪物─

遞過來的名片上印著「《東洋報》社會部黑川勝一」。分開前，黑川記者記下了兩人的姓名和家庭地址。

黑川沒有食言。第二天，關於「空氣人」的報導占據了這家報紙社會版的大部分版面，還刊登了島田和木下兩人的大幅照片。從跟蹤蠟人寫起，一直寫到蠟人在破房子裡脫衣摘面具，最終消失不見，鉅細靡遺，完整報導，甚至附上了地圖。

這一天，整個東京似乎都在談論這件科學無法解釋的奇事——一個來無影去無蹤的透明人就在東京。正因為肉眼看不見，所以要格外小心。說不定就在人們談論他的時候，「空氣人」就在一旁邊偷聽邊吃吃地笑呢。

全東京的珠寶行都把玻璃櫃子和櫥窗上了鎖。藝術品店和古董店則紛紛撤下櫥窗裡值錢的商品，紛紛藏好。最著急的是銀行，不曉得「空氣人」什麼時候來，一把拿走現金出納臺上成捆的大鈔，那損失可不是小數目。

沒想到事情見報後一個星期，什麼也沒發生。人們開始懷疑那是不是假新聞：「空氣般的透明人根本不可能存在。報社記者和那兩個孩子十之八九是中邪了，否則就是亂寫一通，譁眾取寵。」

他們錯了。這次「空氣人」在一個誰也想不到的地方現了身。

一個禮拜天，木下陪同媽媽去日本橋的百貨公司，陪她買做西裝的布料。木下對布料沒興趣，他打著如意算盤：等一下拉著媽媽去圖書專櫃，好好買個幾本書。

母子倆早早地出門，到達時商場剛開始營業，寬敞的店面裡顧客寥寥無幾。兩人搭電梯上了三樓，快步走向布料櫃臺。只見一匹匹呢絨布料就像五顏六色的瀑布，一個個圓形臺子上，站著身穿各種衣服的假人模特兒，男人女人，大人小孩，賞心悅目。這些假人鼻梁高高的，眼睛大大的，有點像西方人，不過是黃皮膚，看來還是按照日本人的外型製作的。

周圍還有五、六位顧客。母子倆繞著圓臺慢慢走，欣賞著模特兒身上服裝的款式和顏色。木下覺得無聊，細細打量起假人的容貌來。這一打量不得了，他不禁倒吸一口氣——有一個假人模特兒與眾不同，其他都是黃皮膚的日本人，唯獨它有著白裡透紅的西方人外貌，而且，只有它是蠟做的，帶著透明感。

木下不由得停下腳步，端詳起這具模特兒來。它一身考究的燕尾服，服裝改了，但那張臉——不就是那天遇見的蠟人紳士嗎！木下的眼珠子都快蹦出來了。

這時一個店員經過，木下下意識地一把扯住他的袖子。店員見木下驚恐萬分，打了個寒顫，朝那些假人模特兒瞥了幾眼。

「叔叔，那個外國蠟像，怎麼沒有眼珠呢？只有兩個黑洞。」木下悄聲說。

店員定睛一看，差點叫出聲來。原來這具沒有眼睛的假人模特兒是今天剛出現的。再說這家店根本就沒有用蠟像當模特兒。店員揮手招呼對面的同事，兩人小聲商量著，其中一人走上圓臺，靠近蠟像——突然，他愣住了，再也無法向前移動，彷彿連他也成了蠟像。因為那具燕尾服蠟像，居然動起來了！

「啊——」「哐啷！」

兩具女人模特兒應聲倒地。「蠟人」跑起來了！擋在去路上的假人都被推倒。看他急匆匆地縱身跳下圓臺，燕尾服的衣擺上下翻飛，從木下腳邊掠過，向遠處跑去。那邊的人群「哇哇」地連連驚叫。兩個店員好不容易才回過神來，嘴裡咿咿呀呀地嚷嚷著什麼，也跑去追趕了。

這怪物，不但一路左衝右撞地狂奔，如入無人之境——人都被他那張臉嚇跑了。他跑啊跑，跑到員工專用的狹窄樓梯那裡，消失不見了。身後的追兵已經增加到了七、八個，所有人推推擠擠，吵吵鬧鬧地跑下樓梯。

二樓、一樓、地下一樓，怪物速度快得就像在溜冰。他沿著沒有岔道的走廊飛奔，盡頭是大門緊閉的倉庫。前有圍堵，後有追兵，只見他一把拉開倉庫門闖了進去。

「太好了！我們來個甕中捉鱉！」衝在最前頭的壯漢喊道。他跑過去哐啷關上門，死命抵住。

「這下太好了。倉庫就這麼一個出入口，窗戶都裝了鐵柵欄，那傢伙就是插翅也難飛了。你們快去報警呀。」

「好，我去報警，可不能讓他跑了。」一個店員自告奮勇。其他人聚在倉庫門前嚴防死守。想想這個「蠟人」也是失策，偏偏跑到一條死路。即便他是「空氣人」，也無法從窗戶鐵柵欄的縫隙間逃脫。畢竟他不是鬼魂，雖然肉眼看不見，還是有血肉之軀的。

一會兒，一個店員領著三個剛好來百貨公司巡視的員警回來了。這三人撥開留守的店員來到門邊，做好突擊的準備後，猛然推開門。巧的是倉庫裡頭正好有怪事發生，令人膽顫。

這裡雖然是倉庫，但基本上貨物都被搬空了，空空蕩蕩的，只在牆角留了兩三個大貨櫃，其他什麼也沒有。灰色的水泥牆壁，灰色的水泥地板，光線從高高的小窗戶照進室內，雖然是大白天，這裡卻幽暗如黃昏。

映入員警眼簾的，是一個飛在半空中的人頭！它像是被人拋棄了，撲通落地後輕輕晃了幾下。事發突然，員警們嚇了一大跳，仔細一看，原來是面具。只見燕尾服、襯衫、褲子和鞋子等散落一地，到處都沒有怪物的影子。那是因為他把身上的衣褲都脫掉，變成透明的了！員警們闖進來的時候，他剛好取下面具，隨手一扔，嚇了員警一跳。

三個員警很快明白是怎麼回事，迅速展開搜捕。因為看不見怪物，他們打算用摸索的辦法。三人分成左中右三組，張開雙臂向前推進，將倉庫搜了一遍，不留任何死角，結果仍是一無所獲。畢竟敵暗我明，這場「躲貓貓」的遊戲，員警們沒有勝算，對手只要稍稍閃躲，就能輕鬆避開。

就在這時，門外突然「哇」的一聲驚叫。大家驚訝地回頭看，只見一個年輕店員一屁股坐在走廊的地上。

「他撞上我了！」

店員倒地不起，臉色鐵青，指著身後的臺階，示意怪物撞倒了自己，往樓梯那邊跑了。人們正要奮起直追，突然又是一聲驚叫，一個人從昏暗的樓梯上滾了下來。顯然是下樓時和往上跑的「空氣人」撞個正著。這人是來送貨的。事後他回顧當時的情形：「那簡直就是一股妖風啊。我下臺階的時候，感覺下面嗖的一陣風，結結實實撞在我胸口，力道很大啊。我沒站穩，就滾下來了。」

就這樣，透明怪人溜之大吉了。他衝上樓梯混進人群，想再找到他，簡直是海底撈針。偌大的百貨商場，別說找一個肉眼看不見的怪物，就算是看得見的普通人也不是那麼好找的。

事後商場盤點，並沒有發現珠寶之類的商品失竊。怪人假扮成蠟像，肯定是意圖行竊，只不過在下手之前就被木下發現了。

百貨商場的風波就這樣平息了，總算是有驚無險。而透明怪人還藏身在東京的某個地方，伺機而動。他的下一個目標又會是什麼呢？說也奇怪，下一個目標是島田（最早發現怪人的孩子之一）家裡的一樣東西。怪人為了得到它，即將在島田身邊現身。各位看好了，好戲還在後頭呢。

—獰笑的人影—

百貨商場風波平息後的兩三天，一個傍晚，島田在自家院子裡閒晃。天氣陰沉沉的，剛入春，卻異常暖和。

島田的父親在戰爭時期是個大富翁，現在在銀行工作，不過住的還是以前的豪宅，有一個很大的院子。客廳前是一片綠油油的草坪，稍遠處有假山，還有一片鬱鬱蔥蔥的小林子。

島田在屋後的雞舍前逗雞取樂，玩了一陣就膩了，前往院子裡的草坪。當時客廳的玻璃門緊閉，室內空無一人，靜悄悄的。就在島田繞過屋子的轉角，剛要踏進草坪的一剎那，他愣住了，因為草坪上發生了一件離奇的事情。

島田喜歡溜直排輪，他有一雙直排輪鞋，有一段時間沒用了，就放在客廳外的走廊。此刻，這雙直排輪鞋竟然在草坪的正中央，不只如此，它們竟然自己動了起來！一前一後，交替前進，就像有人穿著它們在溜直排輪。

「我這不是在做夢吧？」島田想。「不，不是夢！放學回家之後到現在發生的事情我都記得呢，不可能是在做夢。唉呀！難道是……」島田想到了什麼，打了一個冷顫，像是被人從背後潑了一盆冰水。他想到了透明怪人——透明人穿著直排輪鞋走路，不就是這個樣子嗎？

畢竟這裡是草坪，無法像在溜冰場上那樣順暢，直排輪鞋倒是也緩緩走了一段距離。它離客廳越來越遠，朝假山腳下那叢枝繁葉茂的八爪金盤前進。

「媽媽！快來人哪！快點……」島田忍不住大聲呼叫起來。事後想想還挺不好意思的。

但就在這時，直排輪鞋已經扎進了那叢八爪金盤當中。枝葉晃動，沙沙作響，儼然是有人撥開樹叢前進。八爪金盤的後面是大大小小的常綠樹，形成一片小樹林，光線更加幽暗。

母親和傭人聞聲趕來（這時父親還沒有回家），全家上下頓時像熱鍋上的螞蟻，叫來鄰居伯伯幫忙，還報了警，把院子裡搜了一遍，但一無所獲，只在灌木叢深處發現了被遺棄的直排輪鞋。怪人肯定是脫了鞋，翻牆逃跑了。

說來奇怪，怪人為什麼穿著直排輪鞋呢？事後調查，家中沒有遭竊。在人們心目中，這個「空氣人」有時也會做些好事（比如幫助被人欺負的小擦鞋匠），喜歡捉弄人，但又何必潛入島田家中，在草坪上溜直排輪呢？其中莫非有什麼陰謀？該不會是知道被島田識破了真面目，特地上門來報復的吧。

一波未平，一波又起。第二天深夜，又發生了一件可怕的事情。

島田獨自睡在他那間十平方公尺大的臥室裡。他的臥室有一扇寬約兩公尺、朝向後院的窗戶，窗戶上鑲著毛玻璃，窗戶外又有木製的窗格，所以防雨套窗常是開著不關的。夜半時分，他被聲響驚醒，不由得睜開眼睛。只見後院遠處的燈光打在毛玻璃上，勾勒出一個黑漆漆的人影！

這黑影的上半身長和普通人差不多，由此推斷，黑影並不是緊貼著毛玻璃的。奇怪的是，這人好像沒有穿衣服，肌肉的線條清晰可辨。他側著臉，一頭亂髮，凹陷的眼窩，高高的鼻梁，鼻子下面張開的嘴……無不歷歷在目。這個影子本身並非濃黑，輪廓卻非常鮮明。

島田嚇得忘了呼吸，明顯感覺到心臟在劇烈跳動，卻發不出聲音，彷彿被某種魔力所控制，只能愣愣地望著窗上的影子。

「呃呵呵呵……」影子吃吃地笑出聲了！大嘴一張一闔，嘴角一直咧到耳根，真令人汗毛直豎。島田再也受不了了，怒火中燒，化為天不怕地不怕的勇氣，從被子裡一躍而起，大聲喝道：「是誰！」

同時一個箭步竄到窗邊，一把拉開窗——他已經準備好了和黑影的主人正面對峙，打算在拉開窗的一瞬間，使出生平力氣大吼一聲。

萬萬沒想到，外頭竟然空無一人。島田探出腦袋東張西望，也沒發現人的蹤影。開窗之前影子都還在，但窗戶打開後，影子的主人居然消失了。

「一郎，你怎麼了？」

「一郎」是島田的名字。剛才的動靜和叫聲驚動了父親，他急忙趕來察看。

「剛才有個怪傢伙站在那裡，可是我打開窗，一個人也沒有。爸爸，說不定是那傢伙。」

提到「那傢伙」，父親馬上明白——顯然指的是透明怪人。他的神色一下子嚴肅起來，家中上下隨即亂成一團。所有房間的燈都點亮了，所有的人都被叫醒，大家手持手電筒和哨棒搜查後院，卻一無所獲。後院的泥土是乾的，所以連一個腳印都沒發現。

此刻，人們又發現了一個不可思議的事實：這個像空氣一般透明的怪物，是有影子的。事後想想當時的情況，這個影子並不像普通的影子那般濃黑且鮮明，而是像燈光照射半透明物體所留下的影子。肉眼雖然看不見怪物，但它不能隱藏自己的影子，燈光一照，便留下一個模模糊糊的身影。

——珍珠塔——

隔天在學校，島田和木下一見面就說了昨晚的事。

「越來越不對勁了，那傢伙肯定是盯上你們家了。」

「難道是要整我？」

「他要整的是我才對，是我害他被一大群人追。他不是衝著你去的，一定是你家裡有他想要的東西。」

「嗯，你這麼一說倒提醒我了，爸爸好像說過我們家有寶貝，不過沒告訴我是什麼。」

「那就沒錯了。島田，我們聯繫《東洋報》的黑川記者吧，說不定他有好主意。」

「嗯，你說得對！」

於是兩人向老師說明原委，用學校的電話聯繫了黑川記者，簡要地說明了事件始末。

「這樣好了，等你父親下班回家，我去府上拜訪他，詳細了解一下情況。」黑川記者確認了島田家的地址，便掛斷了電話。

這天傍晚，黑川記者如約來訪。恰巧父親剛回到家，立刻將客人請到館邸的客廳，和兒子兩人輪流回憶昨天發生的事情。

「呵，果然還是顯現出影子來了，他可把我害慘啦。」說起怪物的影子，黑川記者也是一肚子氣。

「那是兩三天前遇上的事。那天天氣不錯，我去港區的住宅區辦事。那裡比較偏僻，路兩旁是長長的水泥牆。時間是傍晚，紅紅的夕陽照著右邊的牆壁，牆上當然會有我的影子。

突然，我發現自己有兩個影子！不知道什麼時候多了一個。我很納悶，左看右看，除了我沒別人呀，怎麼多了一個影子呢？我想到了散光，也就是看東西重影的毛病。可是這個毛病不是說有就有啊。再說，除非散光很嚴重，否則是不可能把一個影子看成兩個的。

我仔細看了看那個多出來的影子，竟然沒戴帽子也沒穿衣服，身體好像是赤裸的，我馬上斷定，這個影子不是我的。而且比起我自己的影子，它有些模糊，打個比方，就好像燈光照射毛玻璃所形成的影子。

我再次東張西望，還是沒看到人，那個影子倒是很黏人，一直貼著我的影子走。

我慌張起來，加快速度，它也跟著加速，我停下，它也停下。我豁出去了，吼了一聲：『是誰！』你們猜怎麼樣？不知從哪裡飄來一陣陰森森的笑聲，嚇得我當場起了一身雞皮疙瘩。

我就這麼站著，這個影子轉到我面前來了，兩個影子面對面，它一下子張開雙手，抓住了我的影子。這時，我感到有兩隻看不見的手抓住了我的身體，這感覺太噁心了。我汗毛直豎，急忙後退一步，使出全身力氣，狠狠一把推開這個看不見的傢伙，拔腿就跑，腦子裡一片空白。跑了大約兩百多公尺，來到人來人往的大路上，這才發現自己的影子變回一個，那傢伙不知到哪裡去了。

我知道空氣人恨我。不過他也就是捉弄捉弄人，不至於使用暴力。雖然確實令人害怕，不過有些舉動還挺好笑的，說不定他就是想捉弄島田吧。」

「如果真是這樣就好了，不過事情似乎沒這麼簡單呢。」島田先生壓低聲音說，看得出他心事重重。

「您有什麼線索嗎？」

「我只想到了一點。戰爭期間我失去了很多寶貝，僅僅保住了一件，可以說是我們家的傳家寶。」

「呵，這麼說他是盯上了您的傳家寶囉？這個傳家寶到底是什麼東西？」

「您聽過『珍珠塔』嗎？高約二十公分的五層寶塔，上面鑲嵌著密密麻麻的珍珠，顆顆是極品，數量有好幾百顆呢。這座珍珠寶塔是三重縣的珍珠大王在大正時期的大博覽會上推出的展品，被先父買下。現在價格翻了兩百倍。我聽說那個空氣人偷了珠寶店的首飾，我的珍珠塔可比那首飾值錢幾十倍呢，他一定是聞風而動。」

「那麼珍珠塔現在在哪裡？」

「被我藏在一個絕對隱密的地方。全世界都知道我有珍珠塔，不過除了我和我妻子，沒人知道它在哪裡，連一郎也不知道。」

「是在家裡嗎？」

「是啊。我們家還要仰仗您多出力，實不相瞞，這座珍珠塔，目前存放在防空洞改造而成的地下室的保險箱裡。」

「放在防空洞裡？那多不安全呀。」

「一點也不會，安全得很呢。這個防空洞用水泥砌成，很牢固。戰爭期間，院子裡也有一個入口，現在用水泥封起來了，蓋上泥土，如今只留了一個入口，就在我的書房裡。入口處的地板是可以拆卸的，上面鋪了地毯，只有我知道哪塊地板是可拆的。

掀開地板往下走，有一扇厚厚的鐵門，必須用特製的鑰匙才能打開。走下門後的臺階，是一個七平方公尺大小的水泥房間，我說的保險箱就在房間中央。打開保險箱同樣需要特製的鑰匙，而且還有一層密碼鎖，光有鑰匙不知道密碼，也是打不開的。

我意識到珍珠塔被壞人盯上了之後，曾經考慮過委託銀行保管。不用說，銀行肯定更安全，但我擔心在送去銀行的路上出什麼意外，畢竟我們看不見那傢伙嘛。不怕一萬就怕萬一，我還是覺得放在自家保管比較妥當。」

「我明白了。安全措施這麼嚴密，應該沒問題的。現在千萬不能掀開書房的地板。那傢伙雖然肉眼看不見，但還是有身體的，只要入口關著，它就進不去。不過那傢伙詭計多端，天曉得會耍什麼把戲。我們要加倍小心，別上了他的當。」

對話進行到這裡，不知哪裡傳來「咔噠」一聲輕響，黑川記者吃了一驚，沉下臉，猛然起身朝打開的房門飛奔而去，彷彿餓虎撲羊。但等他跑到門邊，門竟然碰地自己關上了！只聽到黑川大喊一聲「你這傢伙」，往後踉蹌了幾步，就像被人狠狠推了一把。這時他的雙手仍然往前直直地伸著，試圖抓住什麼。

看！一張白紙飄然落下，被黑川雙手抓住。他定睛看了一會兒，憤憤地說了句「該死」，回到桌邊，把白紙攤在島田父親面前的桌面上。只見上面用鉛筆寫了幾個大字：

我明天晚上來取你們剛才說的東西。時間定在九點。
黑川先生，謝謝你給我取了一個好名字。

空氣人

—地下室—

島田、父親以及黑川記者看了紙條上駭人的內容，臉色煞白，面面相覷，大眼瞪小眼。天已經黑了，室內黑漆漆的，他們甚至忘了開燈。

「啊！」島田突然緊緊抓住父親的手臂，眼睛瞪得很大，眼珠子快從眼眶裡蹦出來了。見他死盯著房間的一處，兩個大人一驚，也朝那裡望去。

島田視線所指向的，是緊閉的玻璃窗。那扇玻璃窗是西式的上懸窗，鑲著毛玻璃。只見窗戶的毛玻璃上映著一個模糊的人影——那是一張側臉，是普通人的兩倍大，張著彎月形狀的大嘴。

「呃呵呵呵……」

嘶啞低沉的笑聲傳來，令人毛骨悚然。它每笑一聲，嘴唇都會顫動一次。一看就知道，這不是一般的人影，朦朦朧朧彷彿鬼魂，是透明怪人才有的影子。

黑川記者果然膽量過人。他「哼」了一聲，像疾風一般飛奔到窗邊，一把推開窗戶。奇怪了，窗戶外沒人嘛，但也難怪，他哪看得見透明人。

「呃呵呵呵……」

這個令人害怕的笑聲是從院子一角傳來的。過了一會兒，笑聲停止了，周圍一片死寂，突然一個嘶啞的聲音從天而降——「明天晚上，九點，別忘了！」透明怪人第一次開口說話，多可怕的聲音啊，就好像是外國人說日語時的腔調，慢吞吞又很費力似的，再加上那刺耳的破鑼嗓子，讓在場的兩個大人和一個孩子徹底嚇傻了，動也不能動，就好像中了定身術。

「叔叔、叔叔，趕緊關窗！」島田擔心透明怪人從窗戶進來，便小聲催促黑川記者。他說得沒錯，黑川趕緊關上窗戶。

這時，窗外又傳來吃吃的訕笑聲，聲音越來越小，直至消失。怪人好像是走遠了。

「那傢伙知道地下室的祕密入口嗎？」島田的父親面如槁灰，擔心到了極點。

「您說入口就在您書房的地毯下吧？最近您打開過嗎？」黑川問道。

「四、五天前進去過一次，看看珍珠塔是不是好好的。我差不多每個月都會打開保險箱看一次。」

「嗯……不是我烏鴉嘴，萬一在四、五天前他就已經跟著您進了地下室……」

「啊？不會吧？」

島田先生打了一個冷顫，望著黑川。畢竟盜賊是隱形的，所以記者所說的情況很有可能發生。難道不是「明晚九點」，而是在幾天前就已經下手了？島田先生越想越害怕，於是提議道：

「我們下去看看吧。黑川記者，請您一起來，一郎也是。三個人一起下去，即使那傢伙混進房間，阻止他也不難。」

「您說得對，還是去看看比較放心。」

就這樣，三人一同進了書房。先是反鎖房門，再鎖好窗戶，這樣透明怪人就進不來了。但是還有一種可能：三人進書房的時候，怪人早已潛伏在房間裡。對此，島田先生想出了一招。他挪開椅子，掀開地毯，雙手用力提起下方的地板。一塊四方形的地板被掀開，這就是地下室的入口。

島田先生拉開只容一人通過的空隙，說：

「你們兩個先進去，我最後闔上地板。這樣一來，即使他就在我們身邊也不怕。他要進來，就必須緊貼著我們。」

依島田先生的指示，三人進去地板下面。蓋上地板之後，下面漆黑成一團，島田先生隨即點亮電燈。這裡是一處水泥砌成的四方形空間，長寬高都是一公尺左右，就像一個箱子。腳下水泥地的一角，有一塊邊長六十公分的正方形鐵板，這就是地下室的入口。

三個人擠在這個「箱子」裡，必須縮起脖子低下頭，很不方便。島田先生一邊闔上地板一邊得意地說：「怎麼樣？這招管用吧。這裡扎扎實實塞了三個人，哪裡還擠得下他？我先蓋上地板，再打開腳下的鐵板。」

說完他拉開鐵板，等三人全部通過，又將鐵板反鎖。前面是一段僅容一人通過的狹窄樓梯，往下走六步，就到了保險箱前。這是一個用厚水泥砌成的地下室，七平方公尺大小，天花板上亮著電燈。

「黑川記者，請您看看，就是這裡。我們這麼小心，您還覺得他會跟進來嗎？」說著，島田先生取出保險箱的鑰匙。

「您辦事真是滴水不漏呀。透明怪人也是有身體的，他肯定進不來，這下可以放心了。」黑川也露出了笑臉。

島田先生轉動保險箱上的密碼盤，對上密碼之後，便用鑰匙打開了保險箱。

「寶貝還在，安然無恙！您看，這就是珍珠塔。」島田先生喜形於色。只見保險箱的正中央有一個細長的玻璃盒，盒子裡，一尊用美麗珍珠做成的五重寶塔閃閃發光，十分惹人喜愛。

「哇！真是尊美麗的珍珠塔。我還從來沒見過這麼美的東西呢。」黑川記者一聲長嘆，「難怪那傢伙會盯上它。不過不用擔心，我們馬上報警，盡一切力量保護它吧。」

「您說得對，得趕快通知警方。這樣我也能放心了。」島田先生說著，關上了保險箱的門，上了鎖，又打亂了密碼盤上的數字。接著三人回到書房。不用說，他們出地下室的時候和進去時同樣小心翼翼。

—晚上九點—

時間到了次日的晚上九點。

這之前還發生了一些事情，這裡只說個大概。前一天晚上，島田先生報了警，員警很快就到，在島田家四周布防。第二天，警視廳負責搜查的中村組長拜訪了島田家，向島田先生了解情況後便告辭。時近黃昏，中村組長率領三位員警入駐島田家，派遣一人駐守書房，另外兩人在屋外巡視，組長本人蹲守在地下室的保險箱前。

另一方面，少年偵探團開始行動了。透明怪人盯上了島田的家，這件事已經在學校傳開。同學當中恰好有少年偵探團的成員，就把事情告訴了小林團長。這個小林團長，便是大偵探明智小五郎的得力助手小林芳雄。拙著《少年偵探團》和《妖怪博士》的讀者，想必對少年偵探團很熟悉吧。

話說小林團長得知此事，就和島田和木下見面商量對策，隨後挑選五位住在島田家附近的團員，在他的帶領下展開警戒任務。雖說是警戒，但對手畢竟是看不見的怪物，光靠眼睛看可不行。小林團長想出一個奇招：他和五位成員人手一支手電筒，等天黑後，兩人一組，在島田家的四周和院子裡巡邏。

這麼做有什麼好處呢?透明怪人雖然用肉眼看不見,但是有影子,拿著手電筒掃射四周,一旦發現光線中出現可疑的影子,就能確定怪人的位置,然後虎撲過去把他捉拿歸案!小林向中村組長說了自己的想法,組長由衷佩服,讓自己的手下依樣畫葫蘆。

就這樣,天黑之後,島田家四周燈光交錯四射,像是飛來飛去的螢火蟲,美是美,不過也挺嚇人的。

來看地下室。再十分鐘就九點。保險箱的四周擺著四張椅子,早在一個小時之前,島田、他的父親、黑川記者以及警視廳的中村組長就守候在這裡,目光沒有離開保險箱一步。

四人進地下室的時候,和前一天晚上一樣,小心翼翼,確保沒有空間可以鑽入,所以怪人是不可能混進地下室的。而且那兩道關卡都反鎖了,所以怪人也不可能尾隨進入。

「或許因為我沒見過他,看你們一副如臨大敵的樣子,我還真想不通。都這麼小心了,應該沒問題吧。他說九點下手,依我看,那是嚇唬你們的。」身穿西裝的中村組長說完,從菸盒中抽出一支香菸。這時黑川記者回答道:

「您可別小看他，那傢伙可是詭計多端呢。說不定，這保險箱的門會在我們眼前自己慢慢打開呢。」

「哈哈哈……這一點你放心。小林想了個好主意，那傢伙有影子，我們只要留心他的影子不就得了。地下室亮著燈，如果那傢伙進來了，肯定會留下影子的。」

「組長，您是有所不知啊，這傢伙有時候不留影子的。就像上次他替小擦鞋匠教訓小混混，我就在現場看著，沒發現他的影子，就只看見小混混的影子獨自在那掙扎。我猜想，他大概會一種魔法，想嚇唬人的時候才露出影子。」

「哈哈哈，黑川先生，你的口氣聽起來，似乎挺佩服他的嘛。」中村組長笑著說。

話音未落，不知從哪裡傳來「咔噠」一聲。四人吃了一驚，面面相覷，地下室內鴉雀無聲，島田瞧了一眼父親的手錶，不禁脫口而出：

「爸爸，還有一分鐘就是九點了。」

三個戴手錶的大人事先都用廣播報時校準了時間。中村組長和記者也看了看時間，果然距離九點只剩一分鐘了。大家都沉默著，就連中村組長也是嚴陣以待的模樣，現場如此安靜，能清楚地聽到手錶秒針滴答滴答的聲響。十秒，二十秒，時間轉瞬流逝，八隻眼睛死死地盯住保險箱的門。

正當島田注視著保險箱門的時候，他感覺有一個朦朧的人影就站在保險箱的旁邊。

「嗯？」他朝那裡定睛一看，什麼也沒有。是錯覺，還是……

就在這時，又是輕微的「咔噠」一聲，四人臉色煞白。島田差點沒嚇得大聲尖叫拔腿逃跑，心臟都快衝出喉嚨了，這種詭異的感覺實在無法用語言表達。

「哇哈哈哈……」

突然，房間裡爆出一陣狂笑——原來是中村組長。他起身大笑道：

「各位，已經過九點了，再過二十秒就是九點零一分了……，你們看，說話間已經是九點零一分了，那傢伙沒能守約，保險箱安然無恙，黑川先生你有何感想呀？那張紙條，只不過是他嚇唬人的把戲罷了。」中村組長喜滋滋地下了結論。

「您先別急著下結論嘛。話說剛才那兩聲『咔噠』是怎麼回事？島田先生，安全起見，您還是看看保險箱裡面的情況。」

島田先生正有此意。他站起身，走到保險箱前，轉動密碼盤，插進鑰匙，打開箱門，往裡一看——

「啊！」

這一看不得了，島田先生大叫一聲，僵住了。

「怎麼了？」組長和記者趕緊湊過去。島田跟在後頭，一把扯住父親的衣服：「珍珠塔呢？」

保險箱裡只剩一個空盒子。

「呃呵呵呵……」

又是那個使人發寒的笑聲！聲音就從地下室傳來。那傢伙果然就在這裡！四人東張西望，卻連個人影也沒看見。

「我知道了！那傢伙就在島田先生打開保險箱的一瞬間，從旁邊伸手進去偷了珍珠塔。我看到一個白白的人影！」黑川記者異常亢奮。

如果真如黑川所說，那麼被盜的珍珠塔應該還在地下室裡，可是大家將椅子下面、保險箱背後、半空中都找了一遍，仍是沒有珍珠塔的蹤影。接下來，三人互相使了個眼色，張開雙臂繞圈跑動，用這種方法搜尋，結果同樣是一無所獲。

中村組長跑上樓梯，在入口的鐵板處側耳傾聽，又聽到了那個令人發寒的笑聲。

「唉呀，他在鐵板那頭！在外面！」

聽起來，聲音確實是從外頭傳來的。剛剛還在地下室裡發出的聲音，怎麼現在是從外頭傳來的呢？難不成他是一股煙或者幽靈之類的東西，會穿牆透壁？

「你們領教了吧。我說一是一，說二是二，從來不食言。」聲音很小很輕。透明怪人在鐵板外頭一字一頓地說著話。

四人剛出了地下室，小林芳雄就上氣不接下氣地跑來匯報情況。

「剛才我們逮到一個可疑的傢伙，一個像是流浪漢的人，蹲在籬笆牆外邊直發抖，自稱見鬼了。也不知道他說的是真是假，不過他到現在都還驚魂未定，可見真的是嚇壞了。我把他帶過來吧。」

組長令小林立刻帶人過來。少年偵探團究竟逮到了什麼人呢？那個流浪漢到底見了什麼「鬼」呢？且聽下回分解。

—撿腦袋的紳士—

小林芳雄依照中村組長的指示，跑去外面，令兩位夥伴將那人押進來。

流浪漢看起來大約二十四、五歲，髒兮兮的，身穿骯髒的土色衣服，手拿一頂破呢帽，腳上沒穿鞋，全是泥土，一頭像雞窩的亂髮。蠟黃瘦削的臉龐上，兩隻像小燈泡的眼睛東張西望。

中村組長讓他坐下，親切地請他說出剛才的所見所聞，這個流浪漢便娓娓道來。

當晚，他在城中東遊西晃，打算找一個好地方睡覺。就在經過島田家籬笆牆外的時候（算一算時間，正好在透明怪人從地下室偷走珍珠塔之後不久），在籬笆牆中段的院子裡，他發現有什麼東西在動！流浪漢便停下腳步，從籬笆的縫隙間窺探。他走了好長的夜路，眼睛已經習慣了黑暗，再者，院子裡亮著燈，把這一帶照得看得出一個大概。

定睛一看，院子內樹下的草叢裡散落著一些奇怪的東西。深灰色外套、黑色西裝、白襯衫、白襯褲、深灰色禮帽，還擺著一雙鞋，單看這些，也沒什麼好大驚小怪的，問題是這裡頭混著一樣特別詭異的東西——一個蒼白的球狀物體，長著亂蓬蓬的毛髮。

這到底是什麼?起初流浪漢完全摸不著頭緒。再仔細一看,這個圓滾滾的東西,竟然有眼睛,有鼻子,有嘴巴……是個人頭!

流浪漢嚇得魂飛魄散,差點要尖叫逃走。草叢裡有個人頭,誰見了都會嚇個半死。說不定是命案現場呢。沒想到,接下來發生的事情更可怕,流浪漢像是中了定身術,明明想要逃跑,卻動彈不得,視線被一個在活動的東西牢牢吸住。

沒錯,確實有東西在蠕動!不是人頭,而是那條褲子。它像是被人提起似的,軟軟地往上延展,最終拉直,儼然是一個人穿上了褲子站著的樣子。這條褲子還繼續東走西走的,沒有停下。

流浪漢又被嚇壞了一次,就要忍不出叫出聲來,轉念一想,一旦叫出聲,下場可能會很慘,硬是把驚叫的衝動吞下肚子。可憐的流浪漢冷汗涔涔,眼看著白汗衫飄到空中,一陣蠕動之後就成了穿在人身上的樣子,然後白襯衫也飛了起來,一樣變成穿在人身上的形狀——也就是說,這個隱形人先是穿上褲子,再套上汗衫,最後穿上了襯衫。

流浪漢覺得簡直是見鬼了,不然就是在做惡夢。天底下不可能有這種離奇的事情。接下來,這個看不見的傢伙穿好上衣、鞋子,還戴上了手套,活脫脫是個紳士的打扮。不過，他還缺一樣東西——腦袋。

「大家看過沒腦袋的人嗎？肩膀上什麼也沒有。我生平第一次見到，太恐怖了。」流浪漢心有餘悸。

但之後還有更詭異的事情。

剛才說了，人頭是掉在地上的。只見那個無頭紳士一彎腰，捧起那顆蒼白的頭顱。「唉呀呀，難不成腦袋是他的？」正當流浪漢胡思亂想，無頭紳士端起腦袋，端端正正地擺在肩膀中央的位置——你說怪不怪，像是扎根了，無頭紳士有了頭，成為一個完整的人。

流浪漢蹲在籬笆牆外動也不動地看，以為自己在夢裡。有了腦袋的紳士穿上外套，戴上呢帽，突然朝他這邊走來！流浪漢心想死到臨頭了，縮成一團，瑟瑟地發抖。

然而，那個怪物沒有發現流浪漢。他站在籬笆牆內側東瞧西望，發現腳前的籬笆牆有個缺口，就劈里啪啦撥開缺口處的灌木，走到馬路上，張望一陣後走遠了。很幸運，流浪漢沒有暴露自己的行蹤。

聽完流浪漢的遭遇，中村組長說：「你見到的人頭，是透明怪人的面具，那可是很有名的。他總不能在光天化日之下當個無頭人吧，所以就戴了一個罩住整個腦袋的面具大搖大擺的。」

「這件事我剛才聽孩子們講了。我不看報紙，不知道有透明怪人這回事。」流浪漢挺無辜的。

「這麼說你就一直蹲著不動？沒去追他嗎？」黑川記者有點責備他的意思。

「唉呀呀，我不知道他是個大壞蛋嘛……就算知道，哪敢去追呀。沒有大叫就算是奇蹟了。」

「你真傻，怎麼不嚷嚷呢？我們這有的是人手呀。你倒好，到嘴邊的鴨子就這樣飛了……」

「我是膽小嘛……不過，有人去追他了。」

「啊？你怎麼不早說？誰去追他了？」

「是個孩子，和抓我進來的小孩差不多年紀。」流浪漢氣呼呼地瞪了小林和其他兩個團員一眼，「我蹲在籬笆牆外頭的時候，一個孩子拿著手電筒路過。問我在幹嘛，我嚇得說不出話來，遠遠望見那個紳士，就用手指了指。結果這孩子當下就關掉手電筒，獨自悄悄地追過去了。」

「太好了！小林，八成是你們的團員。不過他單槍匹馬的，我不放心。肯定是情況緊急，他沒來得及聯絡我們就自己追上去了。小林，快去查查他是誰。」黑川記者心急如焚，再也坐不住了。

怪人的巢穴

獨自追蹤透明怪人的孩子叫大友久，國中二年級，是少年偵探團的副團長，也是小林團長的左右手。

他朝流浪漢所指的方向望去，一眼認定那就是透明怪人——衣著打扮和大家描述的一模一樣。大友個子小，而且這片住宅區位置偏僻，連燈光都很少，所以跟蹤起來並不費勁。

在島田家房子一百公尺之外的一處街角停著一輛車，沒亮大燈。形跡可疑的紳士靠近那輛車，叩叩叩敲了幾下車身，隨即打開車門，坐進後座，和司機耳語了幾句。

大友身體輕巧，擅長鞍馬和單槓，而且生性愛冒險。對他來說，眼前的情況可說是「機不可失，時不再來」，身體微微顫抖，心跳怦怦加速，每一個細胞都亢奮不已。

「上！」

大友在心裡自我打氣，躡手躡腳地靠近汽車尾部，一躍而起，輕輕落在後車輪的擋泥板上，然後踮起腳，手腳並用地爬上汽車頂——整個過程快如閃電，一氣呵成。剛趴穩，汽車就發動了。

這輛車特地避開派出所，在夜幕的掩護下足足行駛了三十多分鐘。怪人和司機絲毫沒有察覺自己的頭頂竟然趴著少年偵探團的副團長。汽車每彎過一個街角，大友都覺得自己快被甩下車去，硬撐著拼命攀住車頂。

汽車駛過一片又一片街區，終於在一塊野草叢生的空地停了下來。這裡無疑還在東京都內，以前好像是兵營，如今一片荒涼。放眼望去，沒有民宅，盡是被戰火燒焦的枯樹，遠處的萬家燈火將枯樹林勾勒出詭異的形狀。

怪人下了車，朝一處走去。大友心想可不能跟丟了目標，便從車頂溜地滑下，趴在地上用心觀察。

「轟轟轟……」

突然，頭頂上方響聲大作。大友吃了一驚，抬頭望去，原來是汽車發動了。想必是怪人手下的司機完成了任務，要把車開到祕密車庫裡，眼看著汽車消失在夜幕中。

跟蹤接近尾聲。怪人的巢穴就在這片空地的某個地方。那究竟在哪裡呢？大友的處境越來越危險了。

定睛細看，眼前有一處十多公尺高的山崖，坡面長滿了草。怪人朝著山崖直直走去。大友趴在草地上匍匐跟蹤。四周黑漆漆的一片，只要不發出聲響，就算怪人回頭看，也不會被發現。

怪人走近山崖的正下方，那裡非常黑，幾乎要看不見他的身影了。大友瞪大了眼注視著那片黑暗。只聽見「沙沙……」翻動草叢的聲音，怪人的身影突然不見了！再怎麼看，除了泥土和草叢之外，沒有別的東西。

難道怪人又使了魔法？不是。其實那裡有一個很大的洞穴，怪人走進洞裡了。只是洞口被草擋住，不容易發現而已。大友意識到這點，隨後走進那個隧道般的洞穴，側耳傾聽，確認裡頭的狀況。

「咔噠、咔噠……」

怪人走向隧道深處。事後才知道，這是戰爭期間挖的橫穴式防空洞，因為地處偏僻，沒有人將其堵住，久而久之，入口處雜草叢生，漸漸被掩蓋住。

大友輕手輕腳地走進漆黑的隧道，走了大概十幾公尺就到了盡頭，眼前並沒有岔路。他納悶了：「奇怪，這傢伙去哪裡了？」洞穴很狹窄，並沒有藏身之處，要是怪人在這裡，大友應該能碰觸到的。

「他是不是又耍了什麼鬼把戲？」大友按兵不動，這時眼前的黑暗中浮現微光——是一個直徑約四十公分的圓洞。光線就是從洞裡透出來的。

「哈哈，小洞那頭的空間挺大呀，還點了燈，連這邊都照亮了。這麼看來，那傢伙肯定是從這裡進去的。」他終於參透了其中奧妙——弄一個小洞當出入口，就算是有不速之客來訪，也很難發現洞穴深處的怪人巢穴。也許在平時，這個洞口是有東西遮擋的。

「好，進去看看！」

大友很快下了決心。但說實話，他太衝動了，既然發現了怪人的巢穴，就應當及時撤出來，向小林團長和中村組長報告。這樣的話，他就不會遭遇那場悲劇了。誰叫大友熱愛冒險呢？這時候的他，就像發現了獵物的獵犬，已經昏了頭，不顧一切了，哪有心情思考後果。

這個洞只能容納一人橫躺著鑽過。大友豎起耳朵聽洞那頭的動靜，確認沒人之後，才慢慢地爬進洞，探出腦袋四下望了望，果不其然，裡頭空間很大。不遠處有一處光源，細細長長，垂直於地面，感覺像是光透過木板壁的縫隙。憑藉這一絲小光亮，四周的情況也能看出個大概——這是一條過道，大約跟一個人差不多高，寬約一公尺。

大友咬咬牙爬過洞口，沿著通道小心翼翼地朝著有亮光的地方走去。到跟前一看，果然是木板壁——確切地說是簡陋的木板門。從門縫透出的光線呈紅色，飄忽閃爍，可以判斷是燭火。

大友豎起耳朵聽，能聽見木板門的另一側有細微的聲響，好像是有人在走動。他跪在門前，瞇起眼睛往裡頭看——這一看不得了，他猛然打了一個冷顫，顯然是嚇到了，卻一動也不能動，被眼前景象牢牢地吸引。

—大友久歷險記—

木板門後面是一個小房間，眼前的牆壁上覆蓋著窗簾似的黑布。黑布前面擺著一張醫院常見的白色鐵床。白床單上坐著一個人，面朝大友這邊。這個人穿著厚厚的藍白條紋睡衣，卻沒有臉！脖子以上沒有任何東西。坐在那裡的，僅僅是一套睡衣。

過了一會兒，這套「睡衣」站起身，走了兩三步。他腳上穿著拖鞋，沒有手——睡衣的袖口是空的，但袖子活動著，就好像裡面有手。床邊有一張小小的白色圓桌，無頭人走到桌邊。大友的視線跟著他，自然看到了桌上的東西，就瞥了一眼，已經令他汗毛直豎。

桌子上有燭火搖曳的西式燭臺、玻璃水瓶和杯子，還有香菸盒與菸灰缸，不過是些日常用品。除此之外，還有一樣很突兀的東西。那是一個人頭，面朝大友，盯著他看呢！太可怕了！

大友嚇得差點逃走，但忽然領悟到了什麼，便耐住性子繼續觀察。原來，桌子上的人頭並不是真正的人頭，而是面具。透明怪人穿著睡衣，看來是準備睡一覺，面具挺礙事的，所以睡前摘下來擺在桌子上。這就是他沒腦袋的原因——並不是沒有腦袋，只是肉眼看不見罷了。

就在這時，無頭人拔下水瓶的瓶塞，往水杯裡倒水。因為沒戴手套，所以看不見手，眼看著水瓶隨著空空如也的袖口一起移動，飄在空中，瓶口漸漸朝下，水流進杯子。就像是在看魔術表演。接著，水杯飄到空中，在衣領附近停下，漸漸地傾斜，杯中的水流出來，憑空消失了，彷彿是被空氣吸收了。

這是透明怪人喝水的景象。他的臉和手都是透明的，造成一種杯子自己飄浮起來的視覺效果，水從杯子當中流出來而沒有灑一地，顯然是被怪人喝掉了。

大友時常聽人提起透明怪人，直到今天才親眼見證。他驚呆了，太不可思議了，這不是在做夢吧？

這還沒完。只見怪人從桌上拿起香菸，用燭火點燃，抽了起來。一支香菸一動不動地飄浮在睡衣上方，香菸的一頭不時亮起紅色火光，隨後騰起一團煙霧。那是怪人在吞雲吐霧呢。

大友看得目瞪口呆。就在這時，身後傳來沙沙的衣物摩擦聲和呼吸聲！本以為這裡只住著透明怪人，莫非還有別人嗎？這個念頭令大友毛骨悚然，頭也不敢回。他身後的黑暗當中，存在著什麼？是人，還是動物？既然有氣息，必定是活物。

大友小心翼翼地伸手往後摸，觸及一種軟軟的東西，摸上去像是人的外套。

「身後果然有人！」

大友嚇得暫停呼吸，覺得自己死到臨頭了。現在只有一個選擇——回頭看看身後是誰。

他嗖地一轉身，只見黑暗當中，站著一個身材高大的男子。

—怪老頭—

雖說身處黑暗，但藉著門縫間的光線也還看得清楚。大友定睛看，佇立眼前的，是一個老頭。一頭白髮蓬鬆，長鬚飄飄及胸，披一件蝙蝠袖黑袍子，戴一副四方無框眼鏡，鏡片寒光閃爍，雖然光線昏暗看不清，但大友彷彿看見他瞇著眼，不懷好意地訕笑著。

怪老頭和大友對視一陣，冷不防地握住孩子的一隻手，說道：「我有話跟你說，跟我來，你不用害怕。」態度倒是很溫和。

「我不去，我要回去了，你放開我！」大友鼓起勇氣硬擠出一句，企圖逃走，無奈手被牢牢握住。老頭力大無窮，大友是插翅也難飛了。

「哈哈哈，你休想逃出我的手掌心。知道這裡的祕密，就別想出去！放棄抵抗，老實跟我來吧。我給你看一樣東西，還要跟你聊聊。」老人說著，緊緊抓住大友的手，用力往裡拖。大友賴著不走，也敵不過老頭的蠻力，被硬生生地拖了過去。

嘎吱一聲，一扇木板門打開，紅光撲面而來。這間房裡也點著蠟燭，一張桌子，兩把椅子，沒有其他東西，牆壁是水泥的。

「不是這裡，裡頭還有密室。」老頭一隻手緊抓著大友的手，另一隻手按了一下牆面——那裡大概有機關吧，一邊的牆壁隨即悄無聲息地打開，露出一條供人通過的縫隙。這堵牆原來是道厚厚的水泥門。

大友被老頭牽著，剛通過縫隙，身後的水泥門就闔上了。眼前是一條漆黑的隧道，往前走十幾公尺，老人好像又按下了牆上的按鈕，眼前的門靜靜地打開，亮光撲面而來。「到了。這是我的研究室，我們在這裡好好聊聊。」

大友剛踏進房間，就被眼前的情景驚呆了。他做夢也沒想到，這個防空洞深處，竟然有如此高級的研究室。房間大約二十五平方公尺，地板、天花板、四面牆壁，全是水泥砌的，擺滿了各式各樣的工具器械。最先映入眼簾的，是房間一角的白色金屬臺子，像是外科手術時使用的。臺子旁邊，是一個碩大的白色玻璃櫃，有好幾層，上頭密密麻麻地擺著無數手術刀、剪刀等手術工具，看得人頭皮發麻。

在另一邊的化學實驗臺上，放著化學實驗用的玻璃瓶，有大有小，形狀各異。酒精燈吐出藍色的火焰，上面擺著一個大燒杯，燒杯裡的紫色液體沸騰了，咕嚕咕嚕冒著泡泡。化學實驗臺一側立著一個高大的藥品櫃，五顏六色的藥瓶一列排開。

除此之外，還有許許多多不知用途的工具擺滿了整間屋子，非常壯觀。化學實驗臺上，有一個三叉戟形狀的西式燭臺，三根大蠟燭紅光豔豔。

「嚇到了吧？哈哈哈……沒想到地底下還有這麼一個研究室吧？這可不是我蓋的，是戰爭期間陸軍建的防空洞，很不錯吧。這間房間在當時應該是指揮室，除了我沒人知道這裡，我就鳩占鵲巢，借來用一用。你坐下吧。」

怪老頭自己也拉了把椅子坐下。這裡光線明亮，使得老頭的臉看上去越來越陰森可怕——白髮白鬍鷹勾鼻，目光犀利，邪氣逼人，簡直是「妖怪博士」！

「你是少年偵探團的副團長大友吧，我什麼都知道。你膽子可真大，敢趴在車頂跟蹤。我就是看中你這點，所以要收你為徒，哈哈哈，是不是很開心？」

「老伯你是什麼人？我才不要當陌生人的徒弟。」大友已經恢復鎮定了。

「哈哈哈……你問我是什麼人？老夫是世界上最偉大的科學家，我發明了比原子彈更厲害的東西。不過，現在沒人知道我的發明，要是有人知道了，全世界都會亂成一團。我的發明太厲害了，說不定有人會對我下毒手呢。」

怪老頭的話聽起來很離譜，讓大友覺得他是不是腦子有毛病，心裡害怕得不得了。那麼，這個老頭到底發明了什麼了不起的東西呢？

─四號透明人─

老頭繼續解說他的發明：

「現在大鬧東京的透明怪人，到底是什麼？你覺得他是天生的嗎？當然不是。難不成是外星人？當然也不是。那是人造的，說白一點，那是我造的。」

老頭說話間，四方眼鏡閃閃反光，嘴角鬍鬚微微顫動，大友聽得目瞪口呆。

「不過，我可沒本事造出個大活人來，我的方法是讓普通人的身體產生化學變化，漸漸變成肉眼看不見的透明人。三十年如一日，我潛心研究，終於造出了能讓人體變透明的藥物，並且製造出了一號透明怪人，也就是在外面搗亂的那位。他是我的試驗品。你剛才看到的穿睡衣的就是他，去島田家偷珍珠塔的也是他。

透明人我一共做了三個，只有一號在外活動。二號和三號還留在我身邊，我還要花些時間，好好訓練他們。這兩個人就在這間房裡，連我也不知道他們在哪，不過可以肯定他們就在這裡。喂，二號在嗎？出個聲。」

「在。」對面有個人聲傳來。

「三號在嗎？」

「在。」另一側傳來另一個人的聲音。

「怎麼樣?的的確確有兩個人吧，只是你看不見罷了。要是還不信，我再證明給你看。二號，把實驗臺右邊的玻璃瓶放到藥品櫃上去。」

老頭話音未落，實驗臺上的玻璃瓶嗖地飄了起來，越飛越高，最後穩穩降落在藥品櫃的頂層。這間房裡果然有肉眼看不見的人存在。真有這種事嗎?真的能用藥物輕而易舉地把人體變成透明的嗎?然而事實擺在眼前，不得不信。大友覺得自己在做夢。

「現在明白了吧?我沒騙你。到現在為止，我只做了三個透明人，但這只是個開始。只要有人願意，我就能夠製造成千上百——不，好幾十萬個透明人!多麼壯觀啊，你能夠想像嗎?率領手下十萬個透明人，我就敢與世界為敵。他們是隱形的，沒有進不去的地方，也沒有打聽不到的祕密，而且沒人能攻擊他們，也抓不到他們。有十萬個這麼厲害的透明人，就能對抗全世界幾十億人。對於人類而言，還有比這更大的災難嗎?所以我說這是比原子彈更厲害的發明，徹底改變世界，徹底消滅戰爭。我甚至能把全世界的人都變成透明的，把人類改造成另一個物種!」

怪老頭越說越起勁，兩眼散發著金光，大友是越聽越害怕，不停發抖。老頭頓了頓，望著大友的臉，不懷好意地笑著說：「大友，要不要當我的徒弟呀?助我一臂之力，把這個大發明發揚光大吧。」

「那……我要怎麼幫助你呢？」大友惴惴不安。

「很簡單。你當四號透明人。」老頭微笑著說。這事非同小可，大友嚇得臉色蒼白，驚叫起來：「不！我不要當透明人！」

「哈哈哈……嚇到你了？有什麼好怕的？往手術臺上一躺，眼睛一閉睡一覺就行了。我幫你打一針安眠劑，保證睡得香甜。你醒過來就已經是透明的了，想幹什麼都行，跟童話裡的魔法師沒什麼兩樣。心動了嗎？是不是像做夢一樣？哪有比這更有趣的事情？」

「我不要！臉和身體都不見了，爸媽就再也見不到我了，我再也不能和朋友們玩耍了。我堅決反對！我才不稀罕當什麼魔法師呢！」

大友幾百個不願意，可是老頭一句都聽不進去。他說：「你就那麼不情願呀？這事由不得你，你是我的俘虜。這間房沒有出口，你是逃不掉的，何況你不知道怎麼打開暗門。你呀，只有服從命令的分。好了好了，乖乖聽我的話，別亂動了。」

怪老頭猛地起身，張開雙臂撐開了黑袍子，像極了一隻猙獰的大蝙蝠，朝大友撲過去。轉眼間，大友被他挾在腋下，按倒在手術臺上，再怎麼掙扎也是無濟於事，身體被怪老頭鐵鉗般的雙手牢牢按住，動彈不得。萬般無助的他只有閉上眼睛，任由怪老頭擺布。他感覺左手的袖口被捲了上去，但他仍舊閉著眼睛，事到如今，是叫天天不應，叫地地不靈了。過一會兒，手腕刺痛了一下，就像被蟲子咬了一口——怪老頭給他注射安眠劑了。

「好了，你很快就會睡著了。」

大友萬念俱灰，一動也不動。過沒多久，一陣虛脫感襲來，感覺還挺舒服的，迷迷糊糊地打起瞌睡來。他似乎聽到了熟悉的搖籃曲，不知不覺地，進入了夢鄉。

─透明男孩─

不知道過了多久，大友走出夢鄉，甦醒過來。手腳似乎還是被束縛著，不能自由活動。不過此刻束縛他的，並不是怪老頭的手，而是層層纏繞的細繩子。大友坐在一張椅子上，手腳被牢牢捆住。

這裡是個約三平方公尺大小的狹窄空間，就像是一個箱子。身邊沒有人。大友猛然發現對面牆壁上有一塊閃閃發光的東西。那是一面邊長三十公分的正方形鏡子。他花了足足一分鐘，才確認那是一面鏡子——因為鏡子裡的東西，太奇特、太詭異，阻礙了他的判斷。

那是一件校服的上半身，可是衣領上方沒有腦袋！這件校服和自己穿的完全相同，無論是樣式還是鈕扣上的圖案，都分毫不差。毫無疑問，鏡子裡的人就是自己。可是，腦袋呢？被誰拿掉了？

大友嚇得直發抖，臉色鐵青。但他看不見自己的臉色，因為臉已經不見了，身體也消失了。大友已經是個透明人。難怪鏡子中只有校服。

各位，能想像自己消失不見嗎？你仍舊是個大活人，卻從這個世界上消失了。日本古代的忍者會隱身術，那也是暫時的，而且能夠恢復。大友卻再也變不回來，一輩子只能當個隱形人！世上還有比這更可怕的事情嗎？

大友悲從中來，真想大聲呼喊媽媽，硬是咬牙忍住了，而眼淚卻沒辦法忍，滾燙的淚珠明明順著臉頰流下，鏡子裡頭卻什麼也看不到，連眼淚都隱形了。

「哦？醒了呀。感覺怎麼樣？」一側的小門打開，冒出怪老頭的四方眼鏡，「你已經是個透明的孩子，我也看不出你是哭還是笑。你覺得孤單嗎？還是挺高興的？從今天開始，你就是一個透明人，能像孫悟空那樣為所欲為哦。好了，趕緊振作起來吧。」

怪老頭把他連人帶椅子端了起來，帶出小房間。眼前是一條黑漆漆的地道，他替大友解開繩子，一把抱起他，朝一處走去。

「我要請你在這裡待一段時間。你還沒適應自己的身體，就算逃跑了，也會很快被人逮住的。雖然人家看不見你，但抓住你的身體倒不費勁，到時候你就玩完了。還是聽話點吧。」

怪老頭的話沒說完，鏗鏘一聲，鐵門被打開。房間內地面上有一個燭臺，微弱的燭光將四周環境大致勾勒出來。老頭把大友推了進去，關門上鎖。大友進了大牢，處境就像動物園的猛獸。

「你在這裡乖乖待著。吃的喝的我會給你送來。」老頭笑得白鬍子亂顫，卻不發出一點笑聲。方框眼鏡反射著模糊的燭光，顯得更加陰森恐怖。他離開時順手拿走了燭臺，留給大友一團黑暗。

大友蹲在冰冷的水泥地上，縮成一團，心中充滿了無以名狀的寂寞和哀傷。

——BD徽章——

話分兩頭，讓我們來看看小林芳雄團長率領的少年偵探團吧。大友遇難的第二天，孩子們放學後，立刻在島田家集合。前一天，警方一直搜尋下落不明的大友直到深夜，最終仍是無功而返。中村組長等人回到警視廳後，立刻成立透明怪人專案組，在全東京展開大規模搜查。黑川記者也是成天泡在警視廳的記者俱樂部，時不時到專案組露露臉。

搜捕透明怪人固然要緊，團員們則更擔心副團長大友久的安危，發誓要找到他。他們決定不依賴警方，憑藉一己之力達到目的。小林團長借用島田家的電話，給家中有電話的團員們下達命令，再由他們通知附近的夥伴。六名團員轉眼間趕到，一個小時左右，十個人到齊。小林團長將十人分成五組，兩人一組，分五路行動。

「記住，要找BD徽章。大友肯定用了它。找到它就有線索了。」小林團長提醒即將上路的團員們。

這BD徽章到底是什麼呢？等一下就知道了。其中的一組少年不久就發現了它。他們倆恰好分配到透明怪人開車逃離的那條路線。當然，他們不知道這件事，信步而行，一人負責看路的左邊，一人負責看右邊，到處尋找，特別注意觀察地面。

他們轉過幾個街角，走了大約一公里，右邊的少年突然停下腳步——眼前的地面上，有一個閃著銀光的小東西。他蹲下撿起來，招呼左邊的夥伴過來看。

「果然是 BD 徽章。」

「真的耶，跟我的一模一樣。」一個少年說著從口袋裡掏出銀色的徽章，兩相對比。沒錯，它就是 BD 徽章。

「太棒了！這樣就能知道大友的下落了。」兩個孩子喜形於色。

這裡介紹一下 BD 徽章。在《少年偵探團》那本書裡，對 BD 徽章做過詳細的介紹。這個 BD 徽章是少年偵探團的標誌。「BD」是 Boy（少年）和 Detective（偵探）的簡寫，用美術字體鐫刻在徽章上，由此得名。

這個徽章除了彰顯團員的身分，還能派上許多用場。首先，BD 徽章用沉甸甸的鉛製成，平時常備在身，一旦遇險，可以當武器投擲。其次，被敵人囚禁的情況下，可以用小刀在徽章背面質地柔軟的鉛表面刻字，丟到窗外或者牆外，達到通信的目的。第三，背面的別針上繫繩子，可測水深或者距離。第四，萬一落入敵手，丟幾個在路上，就能告知同伴自己的去向。除此之外還有不少的用途。團員們將它別在校服的內側，有情況便展示，互相告知身分。他們的口袋裡，也總是放著二、三十個徽章，以備不時之需。

當時，大友趴在透明怪人的車頂，每彎過一個街角就掏出一枚丟在地上。兩個小夥伴發現的正是其中之一。

此後，這兩位小夥伴睜大了眼睛掃視地面，每逢街角，就一左一右分頭走，一找到徽章就吹口哨叫來同伴，接著繼續同行。徽章一個接著一個被發現，終於將兩人引到那片被戰火夷平的空地。

「這裡真荒涼。」

「這裡一定很可疑。你瞧，那裡有徽章。大友一定離我們不遠了。」

他們一同走到徽章所在的位置，又發現不遠處的草叢裡有發光物體。

「唉呀，那裡也有。」

「這裡也掉了一枚！」

兩人循跡而行，終於來到了防空洞之前。當發現隱蔽在草叢裡的入口時，他們嚇了一大跳，不由得面面相覷。

「你看，那裡有一堆徽章呢！大友百分之百是被抓進洞裡了。」當中一人手指著地上五六個疊在一塊的BD徽章悄聲說。天曉得洞穴當中有什麼，不敢大聲說話，以免打草驚蛇。

「肯定就是這裡了。我在這裡守著，你去附近借電話通知小林團長。光我們倆進去，也許凶多吉少，還是請團長聯繫中村組長比較好。」這個團員思路比大友縝密。他藏身在附近的草叢裡嚴密監視洞口，另一個則飛奔去打電話了。

——暗中的妖魔——

一個多小時之後，大概是下午五點，防空洞前集結著大量警力。站在最前頭的，是發現防空洞的少年、小林芳雄團長、警視廳中村組長以及黑川記者，其後是六個全副武裝的員警。因為要進漆黑的洞裡，所以人手一把手電筒。

「你們三個守在洞口，有人跑出來就抓。敵人是隱形的，光靠眼睛看著恐怕不行。等我們進去之後，你們用綁犯人的繩子做一張網。這透明怪人也有血肉之軀，他只要經過這裡，網子就會有動靜，到時候你們就撲上去抓住他。明白了吧？」

中村組長給三個員警下達了指示之後，說了聲「我帶頭」，便彎下腰率先闖入洞穴。不愧是有著「豹子膽」美名的中村，藝高人膽大。黑川記者不甘落後，緊跟在後。接著是小林團長，另一個團員以及三個員警也都進了洞穴。

他們和大友不同，人手一把手電筒，而且又是集體行動，自然膽壯。一行人穿過通到盡頭的小洞，來到深處的開闊場所，把能打開的木板門都開了一遍，卻沒有發現大友的身影。透明怪人是隱形的，所以難以判斷他在不在，不過奇怪的是，現場空蕩蕩的，完全沒有人的氣息。

他們把幾個小房間都搜了一遍，最後到達怪老頭的研究室——太不可思議了，通往研究室的暗門全都敞開著，一行人暢行無阻。研究室也是空的，其中的情形和當時大友所見的大不相同（當然，中村和小林是不可能知道這一點的）。藥品櫃上的藥瓶、奇形怪狀的器械，已經少去了大半，只剩一些零零碎碎的雜物。莫非是怪老頭知道員警要來，早就逃之夭夭了？

一行人驚訝於防空洞的寬敞、研究室的氣派，不曾料到這裡曾經居住著怪老頭，所以也並沒有起疑心，僅僅是四處走動，看來看去。

「唉呀呀，你們看，這裡還有一個出入口。」黑川記者發現了一個暗門，也是敞開的。

「呵，裡面還有空間哪。走，去看看！」中村組長打頭陣。

黑暗中充滿溼氣，好比陰森森的地獄。在手電筒光映照下，一行人的影子落在牆壁和天花板上，離離合合，搖搖擺擺，簡直就是群魔亂舞，真令人膽顫。

「唉呀，有人走過去了！」是小林那高亢的嗓音。

「沒人經過啊。大家都往前走呢，沒人從對面過來。」這是黑川記者的聲音。

「真的有人碰了我一下，往後面跑了。」小林相信自己的感覺。有一個柔軟的東西碰了他的肩膀和手臂，嗖地飛奔而過，千真萬確！

「啊！剛剛有人跑過去了。百分之百是人！但我看不見他。」一個員警驚叫起來。

緊接著，宣稱自己身邊有人經過的聲音此起彼伏。透明怪人就在這黑暗的空間中，而且應該不只一個人！他們就好像水母在深深的海底東游西盪，帶給人難以名狀的恐懼。

「小林，我在這裡！」

就在這時，一個熟悉的聲音傳來。是大友的聲音。他就在這黑暗中！

「大友？你在哪？」小林團長用手電筒四處照射。

「這裡！在這裡！」

大友的聲音是從前面傳來的。小林團長循聲而行，很快，一個像是用來關猛獸的「鐵籠」浮現在手電筒的光圈中，聲音似乎是從裡面傳出來的。小林和另一個團員火速趕到，兩束手電筒的光線穿過鐵柵欄，照遍牢籠的每一個角落——空無一人。

「小林團長，還有田村，我倒大霉了。你們有看到那個戴四方眼鏡的白鬍子老頭嗎？是他把我變成了這副樣子。」

小林團長和田村嚇了一跳，看了看四周。大友那熟悉的聲音就在他們眼前，但就是看不到他。

「大友，你在哪呀？」

「就在這呀，在你們眼前。」——鏘鏘鏘。

那是指甲敲打鐵柵欄的聲音。沒錯，就是眼前的鐵柵欄。但就是看不到大友。小林團長和田村怎麼會知道他已經被改造成了透明人，只聞其聲不見其人的怪事就發生在眼前，兩人甚至覺得自己是不是見鬼了。

—洞穴裡的「水母」—

少年偵探團的小林芳雄團長和團員田村緊貼著鐵柵欄，朝裡頭大喊：

「大友，你在哪？」

小林團長用手電筒照來照去，就是沒半個人影，不由得一遍又一遍地反覆確認。

「我在這啊，就在你們眼前。」聽聲音，大友都快哭出來了，同時傳來叩擊鐵柵欄的鏘鏘聲，「戴四方眼鏡的老頭趁我睡著了，把我改造成了透明人，我被扒光了衣服關在這裡。」

搜救隊的人紛紛用手電筒搜尋，無奈蒼白黯淡的光線不能驅散黑暗，只聽見隱形少年的哀號。

「我們把地道搜了一遍，沒看到你說的老頭，倒是透明人似乎有好幾個。」小林沒說完，大友立刻接著說：「對對對！還有三個透明人。一號透明人就是最近興風作浪的那個，二號和三號還不能外出，他們三人或許還留在這裡。」

「這麼說來，連你一共有四個透明人。他製造那麼多透明人，有什麼企圖？」黑川記者搶在小林團長之前發問。

大友說：「您是黑川記者吧。那個方眼鏡老頭一肚子壞主意。他說要製造成千上萬的透明人，這樣就能為所欲為了。不怕員警，也不怕軍隊，所向披靡。我都嚇傻了。」

大友的一席話讓在場的所有人都沉默了。「成千上萬的透明人」這句話在大人們心中掀起的驚濤駭浪遠遠超乎大友久的想像——成千上萬的透明人組成軍隊，遠比原子彈可怕。僅僅一個透明人就讓警方傷透了腦筋，如果有十個透明人呢？一百個呢？一千個、一萬個呢？大家心裡涼了一大截，簡直是集體身陷同一個惡夢。

中村組長馬上意識到事態的嚴重性。不光是日本，全世界也會惶惶不安的。當務之急，就是盡快逮捕怪老頭，一舉摧毀他的發明。

「唉呀，有人！」

囚禁大友的鐵牢門外傳來黑川記者的驚叫。三個員警聞聲趕來，可惜晚了一步，牢門喀嚓開了鎖，又哐啷關上。

「是透明怪人！剛剛進去了！」黑川記者大叫道。不知是第幾號透明怪人悄悄來到附近，趁人不備開鎖闖了進去。緊接著，鐵牢裡傳出大友的叫聲：

「是誰！你要幹什麼！」

透明人顯然是要對大友下手。

「你怎麼了?誰在那?」

中村組長大聲吆喝,三束手電筒光隨即齊齊射去,鐵牢裡空空如也。然而在這虛無中,傳來陣陣喘息聲——並且是兩個不同的聲音交錯重疊。

「大友,你倒是說話呀。怎麼了?發生什麼事了?」組長又吆喝了一聲。

「大友!」「大友!」小林團長和夥伴們也聲嘶力竭地呼喚。

兩人的氣息越來越粗重,大友和另一個透明人似乎正扭打在一起,就像兩隻巨大的水母相互糾纏。這時,傳來大友嘶啞的呼號:「啊——混蛋!這傢伙是……是一號!小林,一號怪人要……要把我……帶走……」

透明人一號大概是捂住了大友的嘴,被他拉扯開,又捂上,反反覆覆,以至於大友的聲音斷斷續續。

「啊——救命啊救命啊!嗚……」

大友的嘴像是被堵上了,斷了聲息。

「大友,我現在就去救你。堅持住!」中村組長嚷嚷著跑到鐵牢旁,可惜已經來不及了。牢門忽然被掀開,一股妖風刷地掠過黑川記者身邊,逃入黑暗中。黑川猝不及防,往後踉蹌幾步,不巧撞上身後的員警,兩人疊羅漢似的跌倒在地。

中村和小林跑過去幫他們：「黑川先生，不要緊吧！」

「怪人往那邊逃了！他挾持了大友，推倒我逃走了！快追啊！」

中村組長一馬當先，其餘人緊隨其後，人人拿著手電筒，朝著黑川記者所指的方向奔去。然而，對手畢竟是隱形的，更何況這裡是黑漆漆的地底，不論員警們怎麼搜尋，最終也沒發現透明怪人的蹤跡。

—枯井之謎—

搜救隊搜遍了每一個房間，回到入口。這裡張著一張網，用以抓住逃出的透明怪人。三個員警堅守此地。

「沒異常情況？」中村組長問守在洞口的員警。

「報告長官，沒有異常。」

「這張網沒有動靜？」

「報告長官，沒有動靜。」

假如透明怪人經過這裡，必然會牽動這張網。既然沒有動靜，那就說明怪人沒有經過。這麼說來，這傢伙仍舊潛伏在洞裡嗎？

「怪了，都要把洞穴翻過來了，還是沒感覺到有人的氣息。到底藏到哪裡了？」中村組長有些懊惱。

身旁的黑川記者湊過來說：「中村組長，我剛剛想到，這個防空洞是不是另有出入口呢？壞人總是心機比較重，不可能安分地住在一個死巷似的地方，肯定有後門暗道之類的。現在只有這種可能。」

「有道理。但是我們都找遍了，如果真的有後門暗道，應該早就發現了才對。」

「方法不得要領嘛。既然沒從這裡出來，那只有兩種可能，不是還在洞裡，就是從別處逃走了。不管怎麼說，回去再找找吧。」

於是一群人又折回防空洞，點亮手電筒一個個房間搜尋。

「中村組長、黑川記者，快過來。」在化學實驗室的一角，小林特地壓低聲音，招呼兩人過去。只見小林打開了壁櫥的門，用手電筒探照內部。壁櫥裡亂七八糟的，木盒子、空瓶子之類的東倒西歪，破的破，碎的碎，像是被人亂踩了一通。

「請看這裡。」小林把光束打在正面的牆壁上，只見上面釘著許多足有一公分粗的大鐵釘，「他應該是踩著釘子爬上去的。」說著將光束照向壁櫥頂。果不其然，當中的一塊板子斜向一邊，露出一條小縫。

「和預料的一樣。我爬上去看看。」

小林說著，把手電筒往口袋一塞，手腳都握牢踩穩著大釘子往上爬，輕而易舉地將那塊鬆動的板子推向一邊，露出一個四方形的大洞。他取出手電筒，往上照了照。

「哈哈！」小林樂開懷，「出口果然在這裡。這個洞一直通到上面，還有一架梯子呢。」

壁櫥頂上方的豎洞就好像一口枯井，井壁上垂直架著鐵梯，壁櫥頂就相當於枯井的底部。

「太棒了！小林，你往上爬。我跟在你後頭。中村組長也來吧。」黑川記者說著也進入壁櫥。

漆黑的枯井中，受記者鼓舞的小林芳雄牢牢抓住梯子，小心翼翼地一步步攀爬，黑川和中村緊隨其後。爬了二十幾步就碰到了頂。

「唉呀，到頂了。」小林遲疑了一下，這時黑川記者往上探照，同時說：「不可能。那肯定是個隔板，用力推推看。」

「還真的是隔板。我來打開它。」

這隔板是鐵鑄的，沉得很，小林使勁推開它——一瞬間，耀眼的強光照射進來。原來枯井口在斷崖上方的草叢裡。爬出井口，是一個深僅五公尺的土坑。小林等人用坑壁上突出的石塊當作支點，一口氣爬上地面。

「呵，把祕密出入口偽裝成枯井，還真是個不錯的想法。從外面看，那塊隔板就像是井底，誰都想不到下面大有乾坤。」黑川記者嘖嘖稱奇。

這麼看來，怪老頭就是從這裡逃跑的。透明怪人等人也是從這裡出去的。他挾著大友還要爬樓梯，想必是個大力士。

中村組長四下察看，看看有沒有怪老頭和透明怪人的足跡，可是這裡雜草叢生，一無所獲。至於他們逃去何方，同樣毫無頭緒。總之這次行動，搜索隊僅僅找到了怪人的巢穴，並沒有成功將其捉拿，也沒有救出大友，幾乎是無功而返。

中村組長留下幾名員警留守防空洞口和枯井口，自己先行返回警視廳的專案組。在回程途中，黑川記者跟組長咬耳朵：「組長，這可是警視廳有史以來的大案子啊。對手太強大了，就算是聯合全日本員警的力量也贏不了。我想到了一個人，要是他能出把力，或許還有翻盤的機會。」

「誰啊？」

「明智小五郎。現在的情況，明智偵探也該出手了。我聽小林說，偵探正在忙別的案子，抽不了身，可是眼下大敵當前，偵探應該把別的案子擱著，先協助警方破大案才是。您不是明智偵探的好朋友嗎？等回到了專案組，趕快聯繫他吧。」

「嗯，你說的我考慮過。行啊，那就再仰仗他一回吧。」中村組長看來是下定決心要請偵探出馬了。

—明智小五郎—

這裡是明智偵探事務所的所長室。整面牆都做成了書架，放滿了書背燙金的書本，前面是一張碩大的辦公桌，大偵探明智小五郎就坐在辦公桌前。辦公桌油光晶亮，映著偵探的臉。看他，黑色西裝、淺褐色領帶、亂蓬蓬的頭髮、西方人一般輪廓分明的臉蛋。

他正在講電話：「嗯，我早料到你會給我打電話。透明怪人的案子我也研究了，我當然會幫你。就這樣，待會兒見。」原來是中村組長請偵探到專案組一趟。

偵探掛了電話，準備外出，大約過了三分鐘，電話又鈴鈴作響。他拿起電話擱在耳邊，傳來一個陌生的嘶啞聲音，顯然是用公用電話打過來的。

「明智偵探事務所嗎？偵探在嗎？」

「我就是。您是哪位？」

「我是你的對手。聽出來了？」

「唉呀唉呀，你自己送上門來了。沒猜錯的話，你就是防空洞裡的怪老頭。」

「哼，還真機靈。你猜對了。你是不是不想活了？」

「哈哈哈！是在恐嚇我嗎？告訴你吧，恐嚇對我沒用的。」

「打算和我鬥到底囉？」

「我才不和你鬥呢，我是要揭發你的底細，可是用不了多久哦。」

「哈哈哈！口氣不小呀。告訴你吧，明智先生，我不是在嚇唬你，我是認真的。你要倒霉了，也許會一命嗚呼，也許會生不如死哦。像你這樣的傑出人物一旦消失了，對社會可是一大損失哪。我給你個忠告，別插手這件事，袖手旁觀吧。」

「呵呵，你這是白費脣舌。我很忙的，就這樣吧，改天去拜訪你。」

明智偵探剛要掛電話，只聽見聽筒裡爆發出一陣咒罵：「哼！你別後悔！我要讓你嘗嘗人間地獄，讓你生不如死！」

明智偵探只當作耳邊風，微微一笑，便掛斷電話。

—密室—

明智偵探掛了電話，思考片刻，按下桌子上的按鈕，喚來傭人：「去叫文代過來。」這個文代，就是明智偵探年輕漂亮的太太。她本是偵探的助手，在「吸血鬼」一案中立下很大功勞，與偵探喜結連理。在後來的「地底的魔術王」一案中，她與怪盜二十面相鬥智鬥勇，也不相上下，很有本事。

「您找我有事？」文代推門進來。一身水藍色的衣服，濃眉大眼，氣質十分出眾。

「我接了透明怪人的案子，正要出門去警視廳找中村先生，透明怪人的首領就打電話來了。就是小林說的方眼鏡怪老頭。」

「是嗎？他說什麼了？」

「叫我別插手，否則小命難保之類的，很老套。」

文代好歹也是大偵探的太太，幾句恐嚇嚇不倒她。她說：「畢竟對手有幾個隱形的手下呢，還是小心為上。」

◢「吸血鬼」一案：江戶川亂步作品《吸血鬼》。

「嗯。剛才我就在考慮這件事，這次的對手很難對付，一不留神，這透明人說不定就溜進了房間，正偷聽我們說話呢。對於這些看不見的傢伙，必須格外小心。我和你說話也不能像平時那樣了，你靠過來。」

文代把耳朵湊了過去，明智偵探小聲吩咐。文代邊聽邊點頭，神情漸漸地嚴肅起來，可見偵探所言非同小可。偵探說完先走出房間，文代跟在身後。兩人下樓來到一間房間，明智偵探緊緊靠在一面牆上。

「你馬上進來，別讓透明怪人有機可乘。」

說完，他伸出右手，用力按下身旁梁柱的一處，怪事發生了——偵探的身影忽閃一下，竟然消失了！文代卻鎮定得很，也學偵探緊貼牆壁站住，按了一下柱子——忽閃一下，也消失了！難道這對夫婦也有不亞於怪老頭的隱身術？並不是。謎底就在這面牆上。按下梁柱上的開關，這道牆就會翻面，將緊貼牆面的人轉移到反面的密室裡。

誰也不知道明智偵探和文代在密室裡做了些什麼（謎底在故事接近尾聲時才會揭曉），大約過了二十分鐘，附機關的牆壁再次轉動，兩人從密室裡出來了。

「我去趟警視廳。」明智偵探說著走出房間，文代送他到門口。

—大偵探大難臨頭—

明智偵探走出門，計程車已經等候多時了。他是這輛車的老主顧，和司機也熟識，坐進車後說了句「警視廳」，司機即刻啟程。

彎過三個街角，車子來到一片蕭條的住宅區，道路兩旁是長長的水泥牆。駛過一個路口時，突然從岔路竄出一輛自行車。奇怪的是，這輛車上面並沒有人！司機緊急剎車，已經來不及了——

「砰！」

偵探的車狠狠撞上自行車。自行車被撞得很遠，落地時車體和車輪已經是歪歪扭扭面目全非。汽車的車頭也毀損得很嚴重，可能撞到了引擎，再也發動不了。車子緊急剎車，使得明智偵探猛地往前傾倒，差點撞到臉。

沒有車主的自行車自己竄了出來，天底下哪有這種怪事。司機下了車，朝自行車衝出的岔路口察看。這一看讓他更納悶了，根本就沒有像是車主的人，只看到大老遠有一個衣衫襤褸的乞丐搖搖晃晃走過來。

「這車是你騎的嗎？」等到乞丐走近，司機厲聲質問他。

「不是我。」乞丐一臉訝異。

「奇怪了，除了你沒別人呀。你有看到自行車吧？」

「看到了，從那裡過來的。」

「騎車的人去哪了？逃走了？」

「根本就沒人騎。」

「沒人騎？那自行車怎麼會動呢？」

「沒人騎它，它就自己跑吧。我也納悶呢，世界之大無奇不有啊。」

司機一聽，嚇出一身冷汗，忍不住回頭看。剛好偵探下了車，兩人四目相對，心知肚明。司機當然知道透明怪人的事情，也猜到明智偵探這次出行跟本案有關。

「這麼說，這輛自行車是透明怪人的囉？故意從岔道口衝出來撞上我們的。」司機一臉驚恐。偵探微微點頭，不置可否，雖然臉色沒變，心裡也暗暗吃驚——沒想到這怪老頭出手這麼快，剛打完電話就來這套。

假設這起事故是透明怪人所為，畢竟我方看不見他們，沒法展開追捕。此刻司機只好請乞丐幫忙，把汽車推到路邊進行檢修。他撇撇嘴說：「我幫您叫車吧。一時半刻恐怕是修不好的。」

這時，對面有一輛計程車徐徐駛來，亮出「空車」的牌子，看樣子剛剛載客完。

「太巧了，有車來了。」司機去攔下車，明智偵探沒多想就上了車——堂堂大偵探也沒料到大難即將臨頭。

這輛車不像一般的計程車，出奇的豪華。外觀並沒有什麼特別之處，但車裡嶄新整潔，格局也跟一般的車不太一樣。明智偵探告知去向之後，這輛車便疾馳起來。經過幾個街角，四周風景漸漸荒涼，最後竟然來到一片荒地。

「我說司機先生，是不是開錯路了呀？去警視廳不會經過這裡的。」明智偵探質疑道。不料司機只是繼續開車，並發出一陣冷笑：「呃呵呵呵……你現在才反應過來？身為大偵探，警覺性不高嘛。」

話還沒說完，車子便停住，司機轉過身，把烏黑的槍口對準了偵探的胸口。更可怕的是司機的臉——堂堂明智偵探只看了一眼，也嚇出了一身雞皮疙瘩——是蠟人！兩隻眼睛是兩個黑洞，皮膚蒼白帶些透明感，外表像西方人。

這輛冒充計程車的小汽車，其實是怪老頭的。他故意讓自行車撞上偵探，然後上演了一齣雪中送炭的戲碼，使偵探上鉤。

再看明智偵探，他不慌不忙，靠著座椅，直直地盯著那張面具，意圖伺機反擊。

不料這時又發生了一件出人意料的事情。

明智偵探的椅墊突然猛地往前一拱，偵探一驚，回頭看去，靠墊的縫隙間竟然冒出一個人頭來！就像那種一打開盒子就彈出人頭來嚇人的玩具。而且這張臉也是令人畏怯的蠟人面具，一同出現的，還有一隻握槍的手，把槍口抵在偵探後背上。

對手不只一個，都是戴面具的透明怪人。一個在駕駛座上，一個在靠墊後邊，手裡都拿著槍。想必他們就是怪老頭製造的透明人一號和二號。

這下就連大偵探也束手無策了。大聲呼救也沒意義，因為附近都是空蕩蕩的荒地。如果放手一搏呢？當然會遭到前後夾擊，命喪黃泉。目前只能乖乖地任由敵人擺布了。

「呃呵呵呵……大偵探先生，我們老大好心打電話勸你，你就是不聽，這下倒霉的還是你自己吧？堂堂大偵探也不是老大的對手。看看你這副窩囊樣，真可憐。嘿嘿嘿……」駕駛座上的人不懷好意地笑了。說他笑，也只是聽到了笑聲，蠟人面具仍舊是板著臉，沒有表情，這種反差更令人害怕。

後面的那個用槍指著偵探後背，一動也不動。過了一會兒，假扮成司機的傢伙跨過駕駛座，到後座來了。那張蒼白的蠟臉湊到偵探面前，說道：

「要委屈你一下了，就一下子，你多擔待。」

明智偵探眼前突然一黑——原來是被蒙上了眼睛，之後感覺是被細繩子捆住，越收越緊，手和腳都動彈不得。天哪，堂堂明智小五郎竟然成了壞人的俘虜！

─五號透明怪人─

明智偵探眼前被蒙上了黑布，所以只能通過身體來感覺後來發生了什麼事。汽車又發動起來，行駛大約二十多分鐘，停了下來。感覺自己被兩個人扛進一間大房子，經過長長的走廊來到一個房間，最後被扔在一張安樂椅上。隨後兩人出了房間，周圍一片死寂，沒過多久，又有人進來了。蒙眼的黑布被一把扯掉。

「嘿嘿嘿嘿……明智先生，吃了不少苦頭嘛。我早就想會會你了，沒想到見面之日來得這麼快。」傳說中的怪老頭就在眼前。他一頭白髮，垂到胸前的白鬍鬚，鷹嘴一般高聳的鼻子，犀利的眼神，經數人提及的四方無框眼鏡，一身鬆鬆垮垮的黑色大袍子，雙手背在身後，身體微微前屈——這模樣儼然一位深不可測的老魔術師，令人心生恐懼。

目前身處在一個寬敞的西式房間，早些年或許是氣派非凡，但如今已面目全非，就是一間廢棄的屋子，陰森詭異。除了桌椅之外沒有別的家具，一面牆上有個碩大的壁爐，現在就只是擺設而已。

怪老頭在明智偵探身前踱來踱去，繼續說道：「我從不說謊騙人，事先也打電話警告你了，你就是不當回事，還企圖去警視廳。這不是遭到報應了？現在明白我有多厲害了吧？明智偵探，你倒是說點話呀。」

明智偵探不發一語，怒目而視。手腳都被捆住，所以他別無選擇，只能忍耐。

「明智偵探，想必你已經知道我的遠大理想了。我要把所有人都改造成透明的，製造成百上千乃至上萬的透明人。你想想，透明人大軍在全日本——不，全世界興風作浪，天下無敵！光想著就心癢，好激動呀。」怪老頭越來越亢奮，越說越離譜。「事不宜遲，我要加快行動，說不定哪天又會出現像你這樣的絆腳石。我剛製造了四個透明人，一號、二號、三號和四號，這個四號想必你也知道，那個叫大友久的孩子，脾氣很大呢。

大偵探，你覺得第五個透明人會是誰呢？嘿嘿嘿，猜猜看啊。沒錯，就是你，明智先生！五號透明人就是大偵探明智小五郎，全身透明的大偵探閣下！從今以後，你就是我的部下了。對了，還有六號、七號呢……你覺得會是誰？中村組長、黑川記者，還有你最器重的小林！所有跟我作對的人，統統都要變成透明的！

哈哈哈，實在太有趣了！從來沒想到自己的發明這麼有趣。明智偵探，難道你不害怕嗎？你的身體很快就要消失，變成像空氣那樣透明的東西。將來是叫你『空氣大偵探』呢？還是『透明大偵探』呢？哇哈哈哈，堂堂的明智大偵探，即將不復存在。啊哈哈哈……」怪老頭狂笑不止，顯得勝券在握。

難道我們的大偵探真的要輸給怪老頭了？他終究擺脫不了被改造成透明人的命運嗎？不論怪老頭怎麼挖苦諷刺，偵探始終是不動聲色，保持沉默。他也太鎮定了吧？莫非有自信一招制敵？我們的大偵探智慧過人，說不定早就有我們無法想像的妙計了，在生死關頭使出來，讓所有人為之驚嘆。

─小丑─

話分兩頭。在警視廳，中村組長、黑川記者和小林團長翹首等待好久，遲遲不見明智偵探的人影。事有蹊蹺，中村組長打了電話到偵探事務所，得知偵探早在一個鐘頭前就乘車出門。他把情況告訴黑川記者和小林，兩人面面相覷。

「偵探事務所到警視廳，不過十五分鐘車程。奇怪了，該不會是半路上出事了吧？難道透明怪人已經對明智偵探下毒手了？」黑川記者說。

小林聽了他的話，擔心起偵探的安危來，站也不是坐也不是，說：「我去趟事務所，查一查偵探的司機。」說完便飛奔出去。

「等等！你一個人去我不放心，我也去。組長也一塊去吧？」黑川看了組長一眼，組長點頭同意。三人即刻驅車前往同樣位於千代田區的明智偵探事務所。這時夜幕已經籠罩了東京。

「好了，就停在這裡。關上車燈，等一會兒。」中村組長下令。這是他的辦案習慣，沒有直奔事務所，而是在遠處觀察。憑藉這一招，中村在以往的辦案過程中獲得了不少有價值的線索。

三人下了車，輕手輕腳地走在這片黑漆漆的街區。就在這時，怪事發生了——前面黑暗中出現了一團紅紅的東西。三人不禁駐足細看，它朝這邊過來了，隨著距離拉近，終於看清了來者。

那是一個身穿紅白條紋小丑服的人。頭戴著同樣是紅白條紋相間的尖帽子，臉上抹著白粉底，兩頰塗了兩坨腮紅。前胸和後背各掛了一塊廣告牌，上面打著商家的廣告。總而言之，對方是個在大街小巷當人形廣告的小丑。

一個廣告小丑出現在這片人影稀疏、伸手不見五指的住宅區，景象十分詭異。只見他搖搖擺擺走過來，靠近中村組長時，突然遞來一張宣傳單。組長嚇了一跳，瞪了他一眼，很快回過神來，接過宣傳單。那小丑也沒停下腳步，自顧自走掉了。沒過多久，那團紅色消失在遠處的黑暗中。

中村組長走到路燈下攤開宣傳單——它不是印刷品，而是一封手寫的書信。上面寫著：

明智小五郎正在某個地方接受改造，成為透明人。他的身體，正一分一秒地變成透明的。所有礙事的傢伙，都會被改造成透明人。你們幾個也要好自為之。

「快追！抓住他！」中村組長大吼道，立刻回頭追趕。黑川記者和小林團長一時摸不著頭緒，但也緊跟在後。組長邊跑邊告訴另外兩人信的內容。

「偵探果然是被透明怪人拐走了！」小林驚叫道。

「那小丑說不定就是透明怪人。組長，你看見那傢伙的臉了嗎？眼睛是兩個黑洞，沒有表情，那是面具啊。」黑川記者跑得上氣不接下氣。

三人回到汽車旁一看，司機竟然也不在了。他到哪裡去了呢？三人停下腳步，看了看四周。

—金蟬脫殼—

他們發現司機就站在遠處的街角，正朝這邊揮手示意。這名司機也是員警，他看見可疑的小丑在路上大搖大擺地走著，就去跟蹤他。

三人跑到司機身邊。他指著街角的一個公用電話亭，悄聲說：

「逃到那裡頭去了。你們看，從這裡能看見。」

司機所指的公用電話亭一旁有路燈，看得見電話亭內部——一個小丑裝扮的人在裡面！

「我們從四面包圍。注意別打草驚蛇。」

中村組長一聲令下，黑川記者、小林芳雄和司機隨即散開，藉著周邊物體的影子，從四個方向靠近電話亭。小林身手最為敏捷，第一個跑到公用電話亭前，透過玻璃窗，窺探其中動靜——果不其然，裡面的人就是那個小丑！仍然戴著紅白相間的尖帽子，微微彎著腰，面朝這邊。那張慘白的臉緊緊貼在玻璃窗上，一動不動地盯著這邊看。這百分之百是一張蠟人面具。兩隻「眼睛」是兩個黑洞，眉毛和嘴巴都不會動，根本就是一張死人臉。

這時，其餘的三人也朝電話亭包圍過來。站在門口的是中村組長。小丑如今已是甕中之鱉，無路可逃了。中村握住門把手使勁拉，可是怎麼都拉不開。電話亭怎麼可能上鎖呢？肯定是小丑被逼急了，設法封死了門。

「喂！快開門！你今天是逃不掉了！再不開我就砸門啦！」中村厲聲呵斥。小丑聞聲慢悠悠地轉過臉來，黑洞似的「眼睛」直勾勾地盯著對方。

「呵呵呵……我怎麼會逃不掉了？我逃給你看。你砸門試看看。」隔了一層玻璃，小丑的聲音聽起來很輕。他的臉是面具，所以說話時嘴巴是不動的。

「甕中之鱉」膽敢挑釁，是無法忍受的！中村組長一計蠻力衝撞，「哐啷！」玻璃碎了。電話亭的門不怎麼結實，鉸鏈當場被撞斷，組長和司機把損壞的門往外一扯。你看這小丑，不慌不忙，站在原地不動，還「呵呵」冷笑著。

他沒打算逃。

率先撲上去的是司機，這一撲勢大力沉，不料他卻「啊」地失聲大叫，跌倒在地。原來這「小丑」只是一身衣服，沒有實體。司機撲了個空。

「怎麼了？」

「這……這傢伙是個空架子。」司機費勁地起身，扯了扯那身衣服。尖帽子下面是面具，面具連著小丑服和廣告牌。尖頂帽子是用細線吊在電話亭頂上的。剛才還又說又笑的，怎麼一眨眼就成了一堆衣服呢？還真是出神入化。

就在電話亭門被撞開的一瞬間，透明怪人使出金蟬脫殼，只留下一身衣物。畢竟他只要脫光了衣服就成了透明的，沒辦法抓他——即使他近在眼前。

「啊！在那！往那裡逃了！」黑川記者邊叫邊追。其餘三人趕緊跟上。

「哎嘿嘿嘿嘿……，再見囉！」

二十公尺之外的黑暗中傳來透明怪人的聲音。聲音漸漸細微，最終消失在遠方。

「別追了，追也是白追。黑川先生，算了吧。」中村組長回到電話亭前，打算將小丑服收集起來作為證物帶回警視廳。他切斷吊掛尖頂帽的細線，把尖帽子、面具以及小丑服等團做一團挾在腋下。這時，地板上的一張紙片赫然入目，上面有字，中村藉著路燈讀了起來。

你們要保護好明智太太。輪到她成為六號透明人了。

小林芳雄一眼就察覺組長神情嚴肅，湊過去瞥了一眼——可怕的恐嚇文字讓他心急如焚，揪住組長的手臂說：「快快快！夫人有危險。趕緊去事務所！」

——妖怪的黑影——

不久後，在明智偵探事務所的大客廳裡，中村組長、黑川記者、小林芳雄三人圍坐在明智夫人文代女士身邊。客廳在事務所的一樓，靠著大街，所以拉上了窗簾，只採用一盞大檯燈照明，特意營造出幽暗的環境。文代女士靠在圓桌邊，向三位客人介紹情況。

「你們給我打了電話之後，我馬上把偵探的司機叫來問話，現在可以肯定，偵探被人綁架了。當時路過那裡的計程車是壞人下的圈套。」接著文代細說了當時的情形。

「那輛車的車牌號碼是多少？」中村組長插嘴道。

「很可惜，司機光顧著修車，沒留意。」

「是嗎……總之先把那輛車的顏色和車型通報給總部，在全部轄區內展開通緝。」組長說完立刻拿起電話，向文代確認顏色和車型，接著與總部聯繫，展開通緝。

他剛放下聽筒，電話鈴聲就急促地響起。小林一把拎起聽筒放在耳邊，臉色刷地就變了：「好奇怪的聲音，您聽聽。」說著把聽筒遞給中村組長。

「喂喂喂！磨磨蹭蹭的幹嘛啊？文代女士在嗎？我找她有事。」一個沙啞的聲音，口氣很粗魯。

「你是誰？」中村很鎮靜。

「你管我是誰！讓文代女士接電話我就說。快讓她接電話！」

「你不報上名來，我就不讓她接電話。快快報上名來！」

「你又是什麼人！偵探事務所裡現在應該沒有男人。」

「我是警視廳的中村，你的小丑我領教了，恐嚇信我也讀了。」

「哇哈哈哈，原來是豹子膽中村呀。透明怪人把你耍得團團轉吧。我就是透明怪人的發明家。明智大偵探落在我手上，也沒什麼了不起嘛。他正在動手術，明天他就是透明人了。至於下一個嘛……我決定改造文代女士。明智成了透明人，我當然不能忘記他太太，好事成雙嘛。你們聽好了，我今晚就去要人。你再厲害，也敵不過我的透明人。替我向文代女士問好，就這樣，掰掰囉！哦對了，我告訴你吧，這個電話是澀谷的公用電話。我可是專程跑了大半個東京來這裡打公用電話的，省省吧，別查了。不說了，再見！」

對方自說自話，一口氣說完便掛了電話，中村連插嘴的機會都沒有，氣得直咬嘴脣。不用猜也知道，電話那頭是怪老頭，他終於要對文代女士下手了。三位男士隨即商量如何保護夫人，最終決定：小林芳雄負責陪伴夫人，片刻不離；中村組長和黑川記者當晚留宿事務所；從警視廳調來三位精明能幹的員警，負責守衛事務所內部，再從當地派出所調用幾名巡警，負責事務所周邊的警備工作。

「夫人，戒備如此森嚴，您大可放心。從現在起，我們幾個與您寸步不離，確保您的安全。」

聽了組長的承諾，外柔內剛的文代女士面不改色的說道：

「謝謝您！這樣我也就安心了。比起我自己，我更擔心的是明智的安危，一定要救他。」

「這事我明白。警視廳裡除了我還有不少有本事的人，動員整個東京的警力，一定能救出偵探的。」中村組長口氣堅定，替文代女士打氣。

就在這時，窗簾突然一片光亮，就像掠過一道閃電。這扇窗面朝馬路，每當有汽車開過街角，車燈便會照亮窗簾，文代和小林對此習以為常，便沒放在心上。誰知這亮光竟然一直照射著窗戶，久久不消失。正覺得奇怪，白白的窗簾上，出現了一個模模糊糊的影子。天啊，又是那個怪物！亂蓬蓬的頭髮，鷹嘴一般高高的鼻子，彎月形狀的大嘴——不正是透明怪人的側臉嗎？那影子足有普通人的三倍大，赤裸著上半身，在窗簾上張牙舞爪。

「嘿嘿嘿嘿……」窗外傳來使人膽寒的訕笑聲。

「混蛋！」黑川記者倏地起身，朝窗簾猛撲過去——

—另一個小丑—

一開窗，果不其然，沒人。黑川記者撇著嘴，悻悻然回到座位上。

晚上十點。文代女士進入臥室就寢，小林芳雄進了左邊那間他自己的臥室，中村組長和黑川記者進了右側的客房。三名員警則決定通宵警戒，兩人看後院，一人守門。偵探事務所所在的住宅區本來就偏僻，夜色越來越深，四下的動靜越來越少，就像身處一片大森林，萬籟俱寂。

過了半夜十二點，將近凌晨一點的時候，偵探事務所的後院外發生了一樁莫名其妙的怪事。明智偵探事務所兼作住宅，將近一百平方公尺的後院裡，種植著許許多多美觀的樹木，兩位員警坐在一棵枝繁葉茂的扁柏下，眼觀六路耳聽八方，其中一人不時起身去院外巡視。

後院和道路之間有一堵低矮的水泥牆，牆上開了一扇小門，牆外路燈的燈光匯集在院子內。這時，一位員警正起身穿過後院，打開小門往外走——突然，他被嚇到似地愣在那。

這裡地處偏僻，員警料想深夜無人通行，誰知就在對面路燈下，站著一個可疑人物！他一身紅衣服，像是一個真人大小的洋娃娃。雙方間隔大約二十幾公尺，凝視片刻，員警終於看清那是個真人，是個身穿紅白條紋小丑服的大活人！

「唉呀！就是他！消失在電話亭裡的那個傢伙！」員警猛然想起，向小丑飛奔過去。小丑見狀拔腿就跑，速度非常快速。

「嗶嗶！」

員警邊跑邊吹哨，另一個員警聞聲趕來，可是距離有五十多公尺遠，鐵定是追不上了。員警眼看著要追丟了，使勁全力奮力奔跑，但對方彷彿腳底抹油跑得更快了。但跑過了大概三個路口，小丑突然停了下來。

看！迎面出現了兩道手電筒光，那是兩個負責戶外巡邏的巡警。他們倆聽到哨聲，跑來擋住了小丑的去路。

「好機會！」員警在心中叫好，衝上前去使用柔道將對方按倒在地。

「你這小子是透明怪人吧！看你往哪裡跑！」說著要去掀面具，沒想到他的臉並不是面具，而是真正的人臉。

「唉呀，你不是透明怪人？」

「我哪是什麼透明怪人！我是江湖藝人，我叫紅丸。你們認錯人了。我沒幹壞事，快放開我！」被壓在身下的小丑哭喊著哀求。

「那你說，三更半夜的，在那裡幹嘛？」

「有人請我站那的。」

「有人請你？誰指使的？」

「我不認識他。三個鐘頭前，一個過路的先生給了我一張大鈔，讓我站在那戶人家的牆外面，見到有人出來了就趕快跑。我心想這錢挺好賺的，就答應了。」

手電筒的光打在小丑臉上，見他滿臉無辜，可見這傢伙的確是利欲薰心，接下了這捉弄人的差事。不過話說回來，如果他所說屬實，那位紳士究竟是何用意？員警想不明白。

「先帶他去見中村組長吧，這裡頭一定有什麼線索。」之後趕來的另一個員警悄聲說。

前一個員警這才站起身，把壓在身下的小丑提起來，抓住他的手往回拉。他的同伴以及兩個巡警隨後跟來，走了三百多公尺，只見黑川記者正在後門迎接。

「出什麼事了？吵吵鬧鬧的。」

「啊，是黑川記者。這傢伙，說是受人之託站在那裡。我們聽說了昨晚電話亭裡小丑消失的事情，心想他肯定是透明怪人，追了上去。這傢伙是個飛毛腿啊，害得我出了一身大汗。」員警匯報事情經過，「我們認為還是請中村組長再審一審比較好，就把他帶了回來。」

「是這樣啊。中村組長好像累壞了，睡得很香，我不好意思叫醒他，就自己一個人出來看看情況。要不然我現在去叫醒他？」黑川記者說完進了屋子——萬萬沒想到，此時此刻，屋子裡正發生一件驚心動魄的怪事。那個會妖術的怪老頭，又在裝神弄鬼了。

——影子俠——

話說文代女士與眾人道晚安後進了臥室，一想到透明怪人今晚要對自己下手，哪還睡得著。她和衣而臥，輾轉反側。臥室右邊是中村組長和黑川記者，左邊是小林芳雄，一旦有不測，高聲呼救就行了，即便如此，她還是很不安，怎麼也睡不著。

這時，屋子後邊傳來「嗶嗶嗶」的哨聲——就是員警發現小丑時吹響的哨聲。文代女士當然不知道外面發生了什麼——她的心一下子被提了起來，坐起身側耳傾聽。

哨聲彷彿是個暗號，房門悄無聲息地打開了！夫人心頭一緊，定睛看去，門外站著中村組長和黑川記者，兩人神色凝重。夫人剛要開口說話，兩人把手指擱在嘴前，示意不要出聲，另一隻手連連招呼她過去。夫人覺得自己是在做夢，見兩人神色匆匆，便下床走到房門口——幸虧沒換衣服。

「您在這裡太危險了。我們帶您去安全的地方。十萬火急，詳細情況稍後說明。」中村組長湊到夫人耳邊小聲說。文代女士來不及思考，就被兩人牽著手，匆匆來到後院。

與此同時，後院牆外發生著一件怪事。兩位員警去追趕小丑，來不及關上院子的門，一個小小的黑影溜的閃過，藉著院牆的陰影朝小丑逃跑的反方向匆匆跑去。前方一百多公尺的街角停著一輛汽車，裡頭只有一個司機，車燈已經熄滅了，車子裡也是漆黑的，連司機的身影都是模模糊糊的。

這個黑影手裡提著一個四四方方的鐵皮罐，悄悄靠近汽車後方，一彎腰鑽進車底，一眨眼又鑽了出來，遠離汽車，躲進附近電線桿的影子裡。有趣的是手裡的鐵皮罐不見了。

這個人影剛藏好，從偵探事務所那邊快步走來三個大人，似乎是兩個男人帶著一個女人，走到汽車跟前一把拉開車門，一個個上了車，緊接著引擎發動，眼看著汽車消失在黑暗裡，車燈仍舊沒有亮。

見汽車開遠，藏身電線桿後的人影便飛奔向事務所，快如疾風閃電，轉眼跑到後院的小門邊，咻地鑽進院子。這時他一回頭，路燈的光線清晰地地勾勒出了他的樣貌——是小林，動如脫兔的少年偵探小林芳雄！

小林他鑽到車底做什麼呢？他手上的鐵皮罐又是什麼？事實上，小林團長的這個奇怪舉動，就是少年偵探團大顯身手的開端——當然在後面會提到。

先看消失在黑暗中的那輛形跡可疑的汽車。車子裡，文代女士被中村組長和黑川記者夾在中間。剛才在小林眼前上車的三個人影就是他們。車子出發沒多久，文代女士突然「啊呀」尖叫一聲，掙扎起來。

也難怪，剛剛還說要保護自己的中村組長和黑川記者，現在竟對她動手動腳！黑川用手帕摀住她的嘴，以防她叫出聲來，中村則緊緊抓住她，使她動彈不得。落在兩個大男人手裡，文代束手無策，很快就被堵上嘴，癱軟下來。

怎麼會這樣？一個是警視廳的大組長，一個是大報社的記者，兩人留守偵探事務所，為的是保護文代女士，現在竟然翻臉不認人，要綁架文代。他們轉眼間就成了怪老頭的爪牙，該不會是中了他的妖術？

黑川見成功堵住了文代的嘴，就站起身，把手搭在門把上，對中村說了句「後面的事交給你了」，便啪地打開車門，司機識趣地放慢速度，黑川看準了時機一躍而下，消失在黑夜裡。

就這樣，文代女士遭人綁架了。壞蛋要帶她去哪裡呢？中村組長和黑川記者為何對她下毒手？更奇怪的是，小林芳雄明知夫人遭綁，為什麼不出手相救，反而把一個奇怪的鐵皮罐安裝車底？這一切真是一團謎。不過，過不了多久，謎底就會揭曉的。

讓我們去另一個地方，看看那裡發生的另一樁怪事。

─爬雨水管的人─

在文代遭綁架的那一刻，東京港區南部的一處荒地上，有兩個員警結伴巡邏。這裡處處可見戰火肆虐後的廢墟，非常荒涼。

「沒人來這裡蓋房子嘛。」

「嗯，轄區裡我最討厭這裡了。特別是那邊那棟遭了火災的樓房，相當詭異，住戶換了一個又一個，這一帶甚至有人叫它鬼屋呢。」

「呵呵，鬼屋……這種房子最容易被壞人利用了。」

「對啊。所以我總是特別注意它……唉呀你看，那棟樓的角落有動靜！有個黑色的東西一點點往下掉呢。」

兩人吃了一驚，停下腳步。他們所說的「鬼屋」是一幢三層樓建築，佇立在曾經遭到戰火肆虐的荒地上，形似一尊巨魔。外牆上裝飾的磚頭缺損嚴重，相當破舊，內部倒是有經過裝修，成了某家公司的事務所，兼作職員宿舍。

定睛一看，有一個人順著長長的水管往下滑，三樓的窗戶開著，那人大概就是從那裡爬出來的。在大半夜爬水管，怎麼看都很可疑，顯然不可能是住戶，十之八九是小偷！員警們悄悄逼近，以免打草驚蛇。這人的身手不亞於雜技演員，輕輕鬆鬆往下落，絲毫沒有注意到地面上的情況，就在離地大約兩公尺高的地方一放手，跳在草叢裡，往後踉蹌了幾步——說時遲那時快，一個員警撲上去抓住了他。

「你是什麼人！在這裡做什麼！」員警把那人的手扭到背後，厲聲喝道。

「噓——小聲點。」這人不慌不忙，反倒命令起員警來，那口氣就好像在教訓下屬似的。員警們押著他快步離開，大約走了一百多公尺，來到一間簡陋房子後時，他開口道：「唉呀呀，對不起對不起，驚擾你們了……對了，你們不認識我嗎？拿手電筒照照。」

員警打開手電筒，凝神打量一陣，突然想起了什麼似的後退一步，態度有了一百八十度的大轉變：「您是明智偵探吧？我在警視廳見過您。」

「正是。我就是明智小五郎。」

「對了偵探，這麼晚了您在這裡做什麼？」

「說來話長，你們大概聽說了我被透明怪人的老大綁架的事情。那棟樓就是壞人的巢穴。」

「我就說嘛。這麼說，透明怪人集團在裡面？」

「沒錯。我好不容易從窗戶逃出來，那幫人如果發現我逃了，他們也會溜的，抓人要趁早。不過，就你們兩個，恐怕拿他們沒辦法，快快幫我聯繫警視廳的中村組長，我想跟組長當面商定對策。」

「明白了。那請您和我們一起去警署給組長家裡打電話吧，我們也得向長官匯報情況。」

就這樣，三人快步走在夜幕籠罩下空無一人的街區，趕往不遠處的警署。

—空房子裡的怪物—

三人在警署打了電話到警視廳，得知負責透明怪人一案的中村組長留守偵探事務所，便又打電話給事務所，不一會兒，中村組長領著兩個員警驅車火速趕到警署。署長和明智偵探在此等候。

「明智偵探，你沒事吧？太好了。那傢伙在那棟樓裡？」中村組長緊緊握住大偵探的手，喜悅之情溢於言表。

明智偵探也緊握著中村組長的手：「他們要是發覺我逃走了，再動手抓可就晚了，得抓緊時間包圍那棟樓，我來帶路。」

「好！現在就出發。對了，你沒見到夫人嗎？」

「夫人？你是說文代嗎？」明智偵探吃了一驚，望著組長。

「嗯，是我不好。文代女士被他們抓走了。長話短說，當時我、黑川先生和小林芳雄三人負責保護夫人，有人在我的咖啡裡下了藥，趁我熟睡綁架了文代女士。我醒來的時候，黑川先生和小林都不在，想必是追上去了，直到剛才他們兩個都沒有回來。那時候，莫名其妙冒出來一個小丑，負責在後院警戒的兩個員警中了調虎離山之計，壞人趁機擄走了文代女士。」

這時的中村組長，還不知道有兩個人假扮成自己和黑川記者拐走文代一事，以及小林芳雄在車底放置鐵皮罐一事。

「怎麼會有這種事？或許他們故意把我們兩個隔離起來了。得趕快行動，救出文代。」明智偵探倏地起身，跑出警署。不到十分鐘，由署長和中村組長率領的警隊就闖進了那棟樓，明智偵探一馬當先，衝在最前面。

員警們人手一支手電筒，就像一盞盞微型的探照燈，將小洋樓內的每個角落都照亮了。可惜沒見到人影，也沒有家具擺設，空房間連著空房間。一樓、二樓、三樓，層層都找遍，結果還是一無所獲。這幢三層建築完全就是一個空殼，辦事俐落的怪老頭和他的同夥顯然拋棄了它，逃之夭夭了。

警方無奈地撤到一樓。明智偵探仍舊走在最前頭，通過漆黑的過道時，他戛然止步，凝視眼前的黑暗片刻，向前猛衝，轉過一個牆角，眼前是徹底的漆黑，感覺當中有黑黑的物體飄忽舞動，明智偵探虎撲過去——

「啊——」「咕咚！」傳來人的叫喊聲和物體撞擊的聲響。

員警們趕過來，好幾束手電筒光交織在一處。只見明智偵探壓在一個烏黑的東西上面，仔細看，是一個身穿黑色大袍子的人，他試圖擺脫偵探的壓制而奮力抬頭。看哪！四方眼鏡、白鬍子，這不是透明怪人的老大嗎！明智偵探一舉擒獲了匪首。寡不敵眾的怪老頭只得乖乖束手就擒，被戴上手銬拉了出去。

話說怪老頭怎麼會犯這種低級錯誤呢？他有的是機會逃脫，為什麼待在巢穴裡磨磨蹭蹭呢？還有一點，儘管對手是大偵探，可是怪老頭也不是省油的燈，怎麼會乖乖落網了呢？當時眾人沉浸在擒獲匪首的喜悅之中，沒人想到這些問題。在中村組長的指揮下，怪老頭被押上警車，送去警視廳。殊不知——

好戲，還在後頭呢。

──少年大偵探──

次日，警視廳審訊室內，中村組長、上司志野搜查課長、明智小五郎坐在一張桌子旁，上了手銬的怪老頭就坐在他們面前，垂頭喪氣的。

審訊從一大早就開始了，怪老頭硬是不吐半個字，雙方槓上了，看誰先投降。僵持的局面一直持續到下午。

「你說你在等人，到底在等誰啊？別倔強了，快說吧。」搜查課長反覆催促，都被怪老頭的一句話擋了回去：「我有話跟明智偵探講，我在等他。」

「明智偵探不就在這裡嗎？你這是什麼意思……」

「不對，我等的不是明智偵探，是等另一個人，我只向明智偵探一個人招供，所以希望偵探一直待在這裡，他要是離開了，你們休想撬開我的嘴。」

搜查課長聽了，不再出聲，顯然已經厭煩。既然怪老頭提出了要求，明智偵探便也不能離開房間。雙方繼續僵持。

半個小時過去，審訊室的門打開，一個員警走了進來，向課長及組長行禮後來到明智偵探身邊問道：「明智偵探，有個叫小林的孩子說是想找您，要見他嗎？」

沒等偵探說話，怪老頭突然開了口：「把小林叫過來吧。我等的就是他！」

「這可不行。我和他有私事要談，先走一步。」明智偵探起身要走，卻意外被中村組長阻攔下。

「明智先生你別走啊，否則審訊就進行不下去了。你，快去把小林帶來吧，沒關係的。」

員警敬了一個禮，走開了。沒過多久，門外傳來許多人的腳步聲，緊接著一群人出現在門口，令人眼前一亮。來者何人？真是意想不到！

「唉呀，這不是文代女士嗎？您平安無事，太好了，明智先生，你應該高興才對，小林把你的太太解救出來了。」中村組長拍了拍偵探的肩膀。

美麗的文代女士此刻站在房門口，小林芳雄帶領四、五個中學生分立兩側，儼然是護花使者的陣勢。明智偵探和文代女士見了面，輕輕地點了一下頭。

「小林，你向大家說說，你是怎麼找到夫人的。」

「好的。」小林芳雄接過中村組長的指示，向前邁出兩三步，將昨晚發生的事情粗略地敘述了一遍。

「昨晚，我睡在夫人隔壁的臥室，半夜聽到夫人臥室前有人小聲說話，就把門打開一條細縫，恰巧看見中村組長和黑川記者正要把夫人帶走。我覺得奇怪，便從另一條走廊下到後院，看見不遠處停著一輛汽車，他們想必是要把夫人帶上車離開這裡。這麼大的事，他們沒有跟我打過招呼就擅自行動，非常可疑，於是我想，難不成他們是壞人喬裝打扮的？當時我沒有張揚，免得夫人遭遇不測，立即決定將計就計，想辦法探明車輛的行蹤。

在這個節骨眼上，我和偵探很久以前發明的一件工具派上了用場。我立刻跑去儲藏室，拿來一個小小的鐵皮罐，把它安裝在車底。罐子裡是煤焦油，底部鑽了一個小孔，拔掉塞子，煤焦油就從小孔流到地面上，形成一條難以察覺的細線。車子開到哪裡，線就畫到哪裡。

今天早上，我召集了附近的五位團員，還從犬舍裡牽來偵探的狼狗『雪莉』，讓牠聞地上煤焦油的氣味，一直追蹤到監禁夫人的房子。就是這幾個團員，他們駐守那裡，我跑去找公用電話，向中村組長匯報了情況。」

小林說到這裡，被中村組長打斷：「今天上午我出去過，就是去接小林的電話，派了幾個人去支援他，收獲不少。」

「哈哈哈……服了服了，被你這小毛頭算計，看來我是老糊塗了。」怪老頭突然放聲大笑，嚇了在場的人一跳，紛紛朝他看去。

「小林，你真不愧是偵探的高徒，幹得好！我也要表揚你。不過，你的功勞可不只這一件。你還發現了另一個更加驚人的祕密，別藏著，帶過來給大夥兒瞧瞧。」

怪老頭神采奕奕，說了些莫名其妙的話，小林眨眨眼，望著明智偵探說道：

「偵探，那我就帶過來了？」

不料明智偵探一聲不吭，愣愣地瞪著小林，有些不自在。

「行了行了，快去帶來吧。明智偵探肯定會大吃一驚的。哈哈哈，有意思，有意思。」怪老頭越來越起勁了。這群人葫蘆裡賣的什麼藥？怪老人似乎比明智偵探知道更多內情，怎麼會這樣呢？

小林向中村組長使了個眼色，見組長點了頭，便走出審訊室。那麼，小林芳雄會帶什麼人來呢？接下來又會發生怎樣的怪事？且聽下回分解。

—三個明智小五郎—

「啊！」

所有人異口同聲地驚叫起來，全體起立。和小林一同進來的人竟然是——大偵探明智小五郎！這樣現場就有兩個明智偵探了。一個是一大早就坐在審訊室裡的，另一個是剛進來的那個。論長相論服飾，都一模一樣，好比雙胞胎。

「哇哈哈哈哈……大家都驚呆了吧？中村先生，請你把他們兩個捆起來。其中有一個是冒牌貨，不過誰真誰假我也不知道，所以兩個都要捆住，可不能讓他們逃了。」

怪老頭還戴著手銬，卻站起身大聲嚷嚷，真是囂張，還直呼中村組長為「中村先生」，還以為是審訊室中的老大。

更不可思議的是中村組長的態度。他不僅不呵斥怪老頭，反而老老實實地聽話，按下電鈴叫來下屬，下令用繩子把兩個怒目相視的「明智小五郎」綁起來，他們的雙手都被反綁在椅背上。

哪個是真？哪個是假？不得而知。兩人還沒反應過來就被綁得緊緊的，連反抗的機會都沒有。

「哇哈哈哈……越來越有意思了。各位，我有一件事情要坦白。其實我也是冒牌貨。我不是製造透明人的怪老頭，而是他的替身。他給了我好多錢讓我頂罪，故意讓你們抓住。你們想啊，真正的怪老頭怎麼可能輕易落網呢？他用這招轉移大家的注意，自己喬裝成別人，逍遙法外。誰說逍遙法外就能夠逃到天涯海角？說不定啊，遠在天邊，近在眼前。謎底很快就要揭曉。哇哈哈哈……太有趣了！

我現在要脫掉裝扮，做回自己了。手銬太礙事，中村先生，請你幫我解開。」怪老頭說著把雙手伸到中村組長面前。開了手銬，怪老頭該不會拔腿就跑吧？千萬不行啊！但中村組長很鎮定，從口袋裡掏出鑰匙，咔噠打開了手銬。

老頭跑了嗎？沒有。只見他走到牆角，面壁蹲下。看！他把白髮蒼蒼的頭皮整個卸了下來，下面冒出一頭亂蓬蓬的黑髮——原來那是假髮。緊接著白鬍子和白眉毛也輕輕地掉了——原來那也是假的。又見他扭動起身體，「嘩啦」甩掉那件黑色的大袍子，猛然轉身——唉喲，又是一個明智小五郎！怪老頭搖身一變，成了大偵探。

三個明智小五郎，長相分毫不差，兩個被反綁著，一個站在牆角，三人你看我我看你。這到底是怎麼一回事？大家都在做夢嗎？不，這不是夢。審訊室裡除了搜查課長、中村組長，還有剛才動手綁人的員警、小林芳雄、文代女士和五個中學生。這麼多人，不可能在同一個夢境裡。

脫去怪老頭打扮的第三個明智偵探正氣凜然，完全沒有剛才的老氣橫秋。他大步走到房間中央。

「小林，你立下大功了。不愧是我的左右手。現在我有重要的事情向在場的各位報告。剛才我說我當了怪老頭的替身，當然不是以明智小五郎的身分，怪老頭怎麼可能找死對頭當他的替身呢？我喬裝成一個呆呆傻傻的廚師，混進老頭的巢穴。

當時老頭察覺到大敵當前，就使出李代桃僵之計，喬裝成別人，同時用替身騙過員警。在他眼裡，我這個呆傻的廚師是最佳人選。於是他塞給我一大筆錢讓我假扮他，又把我丟在那幢樓裡等著落網。結果是明智偵探抓了明智偵探，你們說怪不怪？那麼抓人的明智是真的，還是被抓的那個是真的？哦對了，還有一個被小林從壞人巢穴裡解救出來的呢。這三個人當中，誰是真正的明智小五郎呢？

假如小林救出來的那個是真的，那麼我和抓住我的那個明智就是冒牌貨。假如那個順著水管下來、後來和中村合力抓住我的明智是真的，那麼我和綁在那裡的明智就是冒牌貨。好複雜啊。那麼，哪裡來的三個明智小五郎呢？就由我來揭開謎底吧。

這三個明智，分別是明智本人、明智的替身和喬裝成明智的透明怪人老大，一真兩假。三人當中，誰是明智本人？誰又是匪首？請各位拭目以待。而且，透明怪人之謎也將解開。」

第三個明智說到這裡關上了話匣子，環顧四周。在場者無不目瞪口呆，甚至忘了呼吸，呆呆地望著他。審訊室裡滿是人，卻鴉雀無聲，恐怕連針掉在地上都聽得見。

—事件背後—

第三個明智站在房間正中央，為搜查課長和中村組長講解透明怪人一案。他面帶微笑，嗓門洪亮，繪聲繪影地剖析起案情來。

「假冒的中村組長和黑川記者昨晚把文代騙了出去，那麼，真正的黑川記者呢？中村組長被下了藥，同處一室的黑川也應該被藥迷昏了才合理，可是中招的只有中村組長，黑川去哪裡了？到現在也沒露面。這又是為什麼呢？他上哪裡去了？」

明智偵探頓了頓，環視周圍。沒人出聲，只是默默地注視著他。

「從觀眾席看和從後臺看的舞臺，所見的東西大不相同。舞臺上漂亮的布景，從背後看的話，不過是木頭架子上蒙了幾塊布罷了。同樣的道理，犯罪也有表裡兩面，各位一直以來看到的是表面，這跟坐在觀眾席上看戲是一個道理。

而偵探絕不會這麼做。他們觀察的是事件背後。透明怪人一案，我跟在場的各位不一樣，從一開始就是從背面看這場戲的，所以基本上能看穿一些伎倆。

從背後看這起案件，我首先懷疑的，是黑川記者。而中村組長被迷昏、黑川記者失蹤一事，證實了我的推測。各位，黑川記者才是這起案件的元凶。當時拐走文代的兩個人，中村組長是假冒的，而黑川記者是真的！

只要注意到黑川就是匪首，一切謎團也就迎刃而解了，這就好像從背後看魔術表演，把所有的把戲都看穿了。各位，說了你們別吃驚，透明怪人根本就不存在！大鬧東京的透明怪人，根本就是黑川的鬼把戲。」

明智偵探說到這裡又暫停了。在場的人一個個瞪大了眼睛——透明怪人是瞎編出來的？太令人難以置信了。

「黑川為了製造出東京出現透明怪人的假象，進行了長時間的準備。一年前，他當上了《東洋報》的記者，以他的才幹博取了社會版負責人的賞識。在那以後，他就充分利用了自己『大報記者』的身分。請各位回憶一下，有關透明怪人的報導，大部分出自黑川之手。雖說目擊者除了黑川之外沒有別人，一旦上了報紙，誰都會信以為真。當然這當中也有真事，但一大半是黑川捏造的。真真假假，假假真真，欺騙了好多人。

銀座大街上多人被隱形人衝撞，搶走小擦鞋匠錢的小混混被隱形人揍了一頓，黑川去島田家途中被來歷不明的影子襲擊，全都是他編造的故事。半真半假，難怪沒有人懷疑。

為了增加可信度，黑川特意雇了幾個幫手。這幾起事件當中，有不少證詞就出自他的幫手之口。比如大寶堂首飾失竊案中，黑川事先安插手下進店工作，當在場者只剩他手下一人時，只要信口開河就行了，他說什麼就是什麼，店主人和經理的全都上了當。接下來，黑川就把他助手的一派胡言在報紙上大肆渲染了一番。

再來到島田家中的珍珠塔被盜那晚，那個流浪漢繪聲繪色地說自己目擊隱形人戴面具穿衣服，那也是胡說八道。那個人，其實也是黑川的手下。」

──大魔術──

就在明智偵探說話的空檔，中村組長見縫插針，說道：「明智先生，依我看，這起案件中，有不少事情光憑編造恐怕不能自圓其說吧。反正我是想破腦袋也想不明白。比如最初島田和木下兩個孩子在古董店前盯上的那個面具人，他在他們兩個的眼前脫了衣服，成了透明的。這怎麼解釋？兩個孩子總不可能是黑川的小跟班吧。」

「那就像是提線木偶。戴面具的人走進破房子裡，孩子們在屋外猶豫了一陣，對方趁機跑到了房子外面。二樓有他的同夥，從地板的縫隙間垂下黑色的絲線，操縱事先準備好的同款面具和衣服，表演摘面具脫衣服，還把衣物包成一團，讓它飄向房屋一側的缺口。當時是黃昏，光線昏暗，孩子們當然看不見黑色的細線，也辨不清做成肩膀形狀的鐵絲，徹底上了當。黑川和兩個孩子一起跟蹤，以及後來獨自追趕脫了衣服的面具人，並與他打鬥，都不過是他演的戲。

再來說說木下在百貨商場的假人模特兒當中發現了蠟人這件事。蠟人後來逃進百貨商場底層的倉庫，裡頭有好幾個大貨櫃。壞人脫掉衣服藏進貨櫃，扔出面具時碰巧倉庫的門剛好打開，於是人們就看見了面具飛在空中的一幕。」

中村組長又提問了：「透明怪人從倉庫逃出來，撞倒了走廊裡的店員和下樓來的搬運工。這怎麼解釋呢？」

「很簡單，那兩個人也是黑川的手下嘛。哈哈哈哈，黑川的點子真不錯。一個喬裝成店員，另一個扮成搬運工，都假裝被人撞了。再舉一個類似的例子。島田在自家的院子裡，看到直排輪鞋自己動起來了。那其實是黑川的助手用細線繫住直排輪鞋，躲在樹叢裡操縱它們。」

「怪人半透明的影子經常出現在窗戶上，伴有怪笑聲。難道那也是……」

「幻燈片和腹語術呀。他的助手躲在屋外的樹叢裡，對著窗戶打怪人側臉的幻燈片，與此同時，黑川在室內用腹語術為其配音。只要窗戶上出現怪人影子，肯定有黑川在場。用腹語術說話，嘴巴是紋絲不動的，而且旁人分辨不出聲音來自哪裡。覺得是窗外傳來的，聽起來就是從窗外傳來的。

我扮成廚師混進怪老頭巢穴，打探到不少線索。怪老頭其實就是黑川！這個黑川神通廣大，能變成任何人。他除了會操控木偶、幻燈片和腹語術，還懂得黑幕魔術和鏡像魔術。為了製造出透明怪人，黑川幾乎使出了所有的魔術伎倆。這起事件，就好像一個魔術大觀園。

大友久爬上車頂，尾隨怪老頭到達研究室，從門縫窺視透明怪人的臥室，看到沒有臉也沒有手的傢伙拿著水杯喝水。那就是黑幕魔術。那間臥室的牆上蓋了黑色布幕，在漆黑的背景前，黑川的助手用黑色天鵝絨蒙住臉，戴上黑色的手套，表演了這一齣把戲，看上去就像是透明人在喝水。

後來，大友被怪老頭改造成了透明人，他本人對此深信不疑。我救出大友之後，聽他把來龍去脈說了一遍。怪老頭給大友注射了安眠劑，把他綁在椅子上關了起來。那個房間的一面牆壁上有一面邊長三十公分的小鏡子。大友醒來後，發現眼前的鏡子照著自己的上半身，鏡中人穿的的確是自己的校服，卻沒有腦袋，本應是腦袋的部位呈現身後的牆壁。大友是被反綁在椅子上的，摸不到自己的臉，只得聳聳肩，不料鏡中人也聳聳肩，於是他認定鏡中的人就是自己，嚇破了膽，以為自己成了透明人。

這是鏡像魔術。大友面前牆壁上的，不過是一塊普通的透明玻璃，玻璃後面，斜放著一面真正的鏡子，鏡子側面坐著一個身穿同款校服的人，只露出上半身，用水泥牆顏色的板子遮住腦袋，這個人在鏡子裡的形象，在大友看來，就是一個掉了腦袋的自己。大友動動肩膀，那人也動動肩膀。這種把戲誰都懂。

大友深信自己被改造成了透明人，被關在一間漆黑的房間裡。到後來，中村先生，你和黑川、小林三人進了防空洞，聽見牢籠裡傳來大友的呼救。其實那裡什麼也沒有，是黑川用腹語術模仿大友的腔調。

後來另一個透明怪人闖了過來，和牢裡的大友扭打在一起，最後挾持他逃走了。其實那也是黑川的腹語術，唯妙唯肖地模仿了兩個角色的喘息聲。黑川隨後自己打開牢門，偽造出透明人奪門而出的效果，並且故意倒地，假裝被透明人撞倒，這全都是黑川的獨角戲。中村先生，謎差不多也都解開了，你還有什麼疑問嗎？」明智偵探笑容可掬，那口氣就好像是老師耐心地給學生解答。

「從背後看問題果然不一樣。只要明白黑川就是幕後主使，其他的問題也就迎刃而解了。你總是這麼明察秋毫，不得不服呀。黑川這傢伙，一肚子壞主意。不過你漏了兩件事，第一，島田家地下室裡珍珠塔被盜；第二，或許你還不知道，昨晚小丑消失在電話亭裡。這該怎麼解釋？」接著中村簡要地敘述了小丑消失的事件。

偵探馬上給出解答：「聽了剛才我的推理，想必你心裡大致有數了，我還是談一談吧。珍珠塔當然是黑川偷走的。當時黑川接到空中飄來的一張紙條，說是要來偷珍珠塔，那是黑川自己扔出去再接住的，就這麼簡單。偷珍珠塔也是同樣的手段。

島田的父親看到了紙條，就和黑川一起去了地下室的倉庫察看珍珠塔。黑川當時就下手偷走了珍珠塔，誰叫他手段高明呢？第二天晚上，他們幾個蹲守在保險箱跟前等人來偷，怎麼會知道保險箱已經空了。當時，營造出怪人入侵氣氛的還是那個黑川。話說腹語術真是好技能，能製造出出神入化的效果。

至於你剛才說的小丑消失，事實有待我去查證，現在推測是這樣的情況。看見小丑進了電話亭的司機為了向你們匯報情況，走開了一會兒，小丑利用這個空檔，拿出另外準備的一套行頭吊掛在電話亭頂上，離開時卡住門，溜之大吉了。

等你們趕來，看到電話亭中弔掛的小丑行頭，認定這就是剛才的小丑，發現只是空架子時當然驚呆了。這時黑川的腹語術又派上了用場。他總是和你們在一起，三番兩次用腹語術蒙騙你們。」

明智偵探剛說完，一直沉默的搜查課長也按捺不住開了口：「明智偵探，你真是明察秋毫呀。任何謎題碰上你的智慧，全都迎刃而解，他的作案伎倆現在真相大白了。不過，我還有一個疑點。我不明白，黑川為什麼要大張旗鼓搞這些把戲，捏造出透明怪人呢？我想你已經知道答案了吧。」

「我當然知道。這起案件的精妙之處就在這裡。」明智依舊是笑容可掬，繼續發表他的見解。

—真正的犯人—

明智偵探說道：「黑川為什麼費盡心思捏造本不存在的透明人呢？動機之一，是方便竊取珠寶之類的貴重物品。真正的犯人把人們的注意轉移到妖魔鬼怪似的透明怪人身上，就沒人關心自己了。

動機之二，犯人愛搞轟動效應。打個比方，有些孩子喜歡躲在門後頭，突然跳出來嚇唬人。這個犯人的心理與之類似，只是規模大多了，他要讓整個東京、乃至全日本的人都嚇一跳。他透過營造透明怪人降臨世界擴充勢力的假象，搞得人心惶惶，自己樂在其中。

動機之三，他要教訓我明智小五郎。先是嚇唬我、文代和小林，揚言要把我們改造成透明人，事實上也挾持了我們倆，無非是殺雞儆猴，讓世人瞧瞧堂堂大偵探也擺脫不了被改造的命運。怪老頭打電話來的那一刻，我就感受到了他深深的怨念，所以我也就使出了絕招，請我和文代的替身代替我們住進事務所，真正的我和文代先行人間蒸發。

中村先生知道很久以前我用過替身。我早就找到了和自己長相酷似的人，讓他住在一個祕密的地方。這次我又動用了這個替身。文代的替身以前還沒有，後來我一直留意，終於找到了和她非常相似的人。這位女士同樣住在祕密的地方。

偵探事務所的房間有一條密道，一部分牆壁是有機關的，能翻轉一百八十度。當我和文代接到恐嚇電話之後，立刻從密道逃走，讓兩個替身拋頭露面。那個被挾持的明智就是我的替身，昨晚被黑川和假中村組長綁架的文代也是替身，也就是眼前小林救出來的這位。真正的文代現在藏身在絕對隱密的安全地帶。」

明智的話越來越玄，在場的人個個聽得是目瞪口呆，傻傻地望著偵探，連喘氣都忘了。

「我後來找到了怪老頭的住處，化裝成廚師混入內部。犯人綁架了我們的替身，大大放鬆了警惕，找誰不好，偏偏找我當他的替身。敵人也真有一套，竟然想到利用替身來蒙騙員警，所見略同嘛。他把我化裝成怪老頭，故意讓我被員警抓住，之後開始策劃他的大陰謀。那麼真正的怪老頭後來怎麼樣了？又變回黑川記者了嗎？沒有。他成了世界上最不容易被懷疑的人物，也就是偵探。他自以為囚禁了明智小五郎，自己假扮成他取而代之，好讓員警跌破眼鏡。所以說，昨晚順著水管爬下來還故意被巡警發現的那個明智，就是犯人假扮的！」

眾人聽了，視線一齊射向被捆在椅子上的明智小五郎。他被真正的明智所指認，臉色鐵青，低垂著腦袋，一眼就能看出他就是犯人。真明智見假明智垂頭喪氣，頗為自得，繼續說道：

「他一會兒是黑川記者，一會兒是怪老頭，一會兒假扮成我明智小五郎——各位看看，分毫不差啊。這個人絕對是喬裝界的高手，我不禁揣測他到底有幾副面孔。而且很顯然，他以恐嚇我、俘虜我為最大樂趣，視我如眼中釘、肉中刺……各位，從這兩點，你們想到了誰？」

明智說完環顧四周。眾人個個睜大了眼，一動不動，像是成了石像。

「想必你們已經猜到了吧。沒錯。這個扮成怪老頭和明智偵探的黑川記者，本身也是假冒的。我不知道他姓什麼名什麼，一年多以前，在『地底魔術王』一案中被捕的『魔法博士』就是他——怪盜二十面相！各位，被綁在椅子上的，就是可怕的大壞蛋，怪盜二十面相！

『地下魔術王』一案中，怪盜二十面相在落網幾天後就輕鬆越獄，不知去了哪裡，現在又以黑川記者的面貌出現，處心積慮找我報仇。

搜查課長先生，重犯二十面相就交給您處置了。這次請小心看守，別讓他再跑了。」

明智偵探話音未落……

「哇！」

課長、組長、員警、小林芳雄以及少年偵探團的團員們齊聲大喊地衝到假明智四周，嚇得他人仰馬翻，摔倒在地。事到如今，這個大魔術師終於無計可施，鐵青的臉上冷汗直冒，緊咬牙關，倒在地上無法動彈。

就這樣，這起轟動一時的「透明怪人案件」終於落幕。不用說，大偵探明智小五郎和他的得力助手小林芳雄又一次名震四方，一下子，兩人的傳奇故事傳頌於街頭巷尾。

少年偵探團系列

推理文學巨擘江戶川亂步經典作品——《少年偵探團》系列重磅登場！與《怪盜二十面相》正面交鋒；看《少年偵探團》勇於冒險、抽絲剝繭；跟蹤《妖怪博士》、發現重大祕密；在《大金塊》中探尋寶藏的蹤跡；與《青銅魔人》、《透明怪人》展開驚心動魄的智慧較量。再多的危機與謎團，機智的名偵探與少年偵探們總是有辦法！為孩子們寫的推理小說，跟著亂步，當個臨危不亂的小偵探！

大金塊

江戶川亂步　著　傅栩　譯

宮瀨家的宅邸在半夜發生了離奇的事件，不二夫害怕地瞪大了眼睛不敢移動，然而，沒有任何東西消失，那最終被掠奪走的寶物是什麼呢？偵探明智小五郎再次展現他高超的破案技巧，破解一個一個的謎團，而小林助手在面對生死關頭時，也勇敢地帶領夥伴跨越困難。大金塊寶藏究竟是在什麼地方呢？其中又有什麼驚心動魄的爭鬥與冒險呢？

青銅魔人
江戶川亂步